2
岬 鷺宮
Illust. いちかわはる
JN068709
午後4時。
透明、
ときどき声優

「――入れ替わり、やめよう」

「別々の声優として、
生きていこう」

「長い現場になりそうだな。
――よろしく」

「ずっとお会いしたかったです、香家佐さん！
ご一緒できてうれしいです！」

「わたしたちは、
どんな風に進めばいいんだろう」

「わたしはわたしでさー、
負い目を感じてるところも、なくはないってわけ」

SHION KAGESA

18歳の超人気声優。
自らが起業する夢のため、
良菜との替え玉作戦を考案した。
自身の強みを貫く
「筋の通った芝居」が持ち味。

山田 良菜

RANA YAMADA

18歳の高校生。
紫苑の「替え玉」として
声優業界に飛び込んだが、
周囲の情報に反応する「透明な芝居」に
自分の表現を見出した。

「歌も踊りもバラエティも、
全部やりたい声優を、
どう思いますか？」
「最近の芝居……
まるで、これまでと別人みたいに
感じることがある」
小田原透
TORU ODAWARA
舞台叩き上げの実力派声優。
迫力と立体感のある演技力は
抜きん出ており、
他の声優たちからも
背中を追いかけられる存在。
欄干橋優花
YUKA RANKANBASHI
新進気鋭の若手声優、16歳。
芝居のみならず、
タレント活動や
音楽活動も精力的に行い、
ファンの心を掴んでいる。

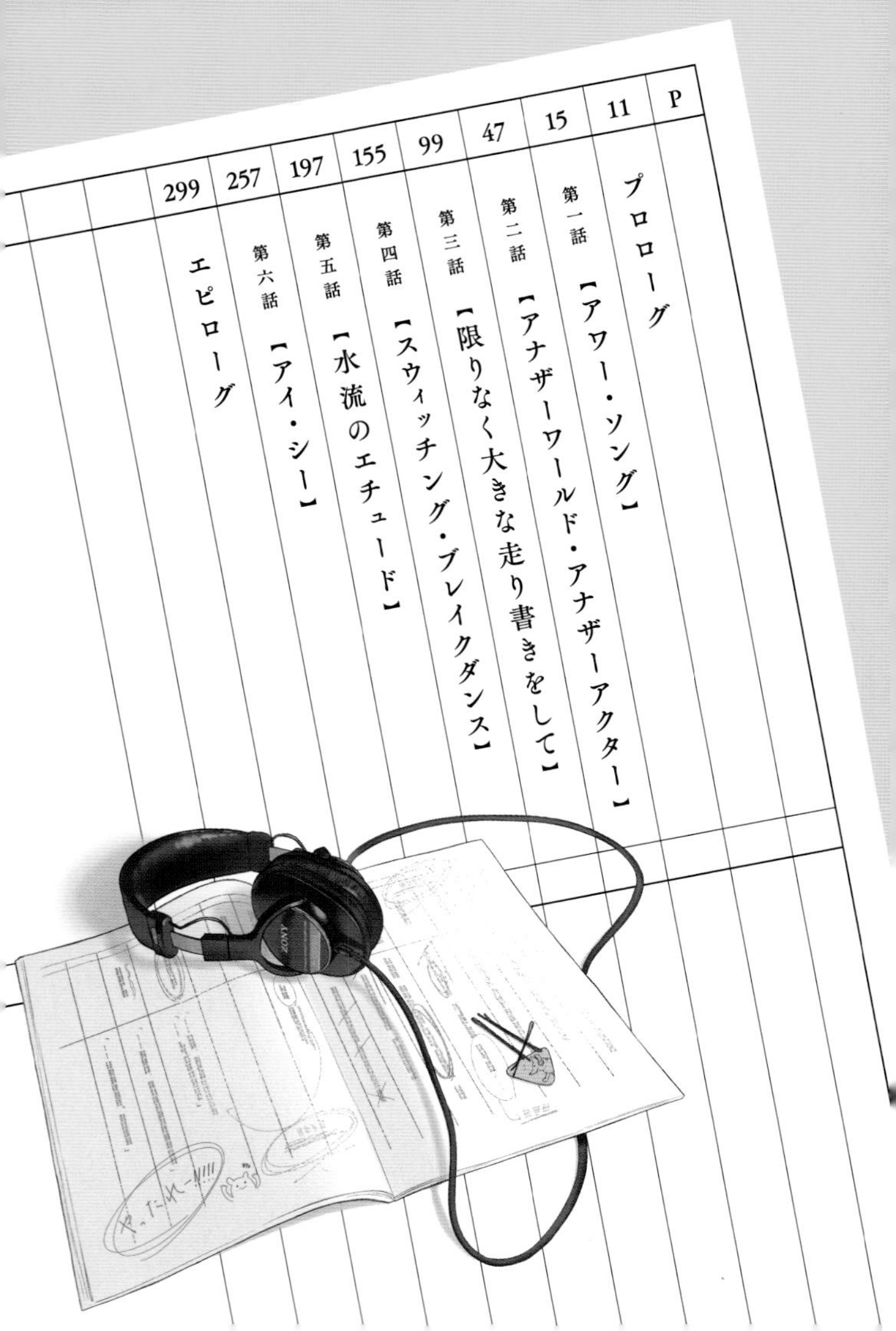

やったれー!!!!

午後4時。透明、ときどき声優2

岬 鷺宮

MF文庫J

口絵・本文イラスト●いちかわはる

プロローグ

Welcome to the recording booth! 2

・20XX年5月
A氏、『その女、転生者につき』のテープオーディションに参加。
以降、定期的にテープオーディション、スタジオオーディションに参加。

・20XX年8月
A氏、『コミック・ロジック・レトリック』藤本れび役に合格。
以降、アフレコに参加。

・20XX年10月
A氏、『おやすみユニバース』胡蝶日向役に合格。
同作監督の塔ノ沢藤次氏より、
A氏が香家佐紫苑を名乗って活動をしていることに関して、
このような状態を解消すべきであるというご意見をいただく。

塔ノ沢監督からのご指摘の後、香家佐紫苑本人、A氏とマネージャーの間で
話し合いの場を持ち、今回のお詫び、ご報告をする運びとなりました。

3.今後の対応
既にA氏の関わった作品の関係者様には経緯のご説明、お詫びをさせていただきました。
多大なご迷惑、ご心配をおかけしたことから厳しいご指摘もいただく中で、
A氏の演技に関して温かいお言葉もいただき、中でも塔ノ沢監督からは作品への出演を
強くご希望いただきました。
そこで、関係各社と協議を重ね、A氏本人とも相談をしたうえで、
A氏は今後、声優「佐田良菜」として弊社に所属、活動を行っていく運びとなりました。
本来許されるべきでない行為に対し、このような対応となったことで厳しいお言葉、
ご意見をいただくことは弊社としても重々承知しております。そのうえで、
今後の活動をもってご迷惑をおかけした各所にお詫び、償いをさせていただければと
考えております。
また、日頃より応援いただいているファンの皆様の信頼回復に、
誠心誠意努め、精進いたします。
今後とも、弊社および所属声優へのご支援・ご愛顧のほど、よろしくお願い申し上げます。

以上

20XX年12月XX日

各位

株式会社プロダクションモモンガ
代表取締役社長　河原撫子

弊社所属声優『香家佐紫苑』に関するお詫びとご報告

日頃より、弊社所属声優を応援いただき、誠にありがとうございます。
この度は、プロダクションモモンガ所属声優「香家佐紫苑」につきまして、
お詫びとご報告申し上げます。

1.概要

声優、香家佐紫苑の活動に於いて、容姿、声質が似通った別人の女性（以下「A氏」という）を香家佐紫苑本人であると偽り、複数の作品へ関与、出演を行わせた。
A氏が関与した作品は以下の通り。

・オーディション参加
『その女、転生者につき』
『スパチャしないで武威沼くん』
『パリピ転生』
『おやすみユニバース』他5作品

・出演
『コミック・ロジック・レトリック』

本来、別人が弊社所属のタレントを名乗り活動するのはあってはならない行為であり、弊社としても重く受け止めております。関係者の皆様、
応援してくださる皆様にご迷惑をおかけしたことを、謹んでお詫びいたします。

2.経緯

・20XX年4月
以前から声優業の引退を考えていた香家佐紫苑がA氏と知り合い、入れ替わりを打診。
A氏から了承を得る。

第一話
【アワー・ソング】

Welcome to the recording booth! 2

「――入れ替わり」

塔ノ沢監督が、わたしたちを。

山田良菜と香家佐紫苑を見て、低い声で言う。

「山田良菜さんが香家佐紫苑さんに成り代わり、オーディションに参加した。あの日、日向を演じてくれたのは、香家佐さんではなく山田さんだった……」

細い身体に長い黒髪。肌の色素は薄く、顔色もどこか青白い。

繊細そうな表情は、叙情的なその作風とぴったり一致して見えた。

ただ――声。

文学青年風の見た目から発されるその声は、対照的に情熱を帯びている。

この人がただ者ではないことを。日本で今、一番将来が期待される若手監督であることを、その響きに実感した。

「はい、その通りです」

そんな監督に、紫苑ははっきりとうなずいた。

よく通る声だった。躊躇いも動揺もない声色だった。

「嘘をついてしまい、申し訳ありませんでした。そのことに関しては、言い訳のしようもありません」

「なるほど。いえ、いいんです」

首を振ると、塔ノ沢監督は腕を組み、

「説明いただいたうえでお呼びしたのは、僕なので」

紫苑の傍らでは、マネージャーである斎藤さんが唇を噛み成り行きを見守っている。

そしてわたしも、緊張に膝をガクガク言わせながら、一度無理矢理大きく深呼吸した。

――アフレコスタジオ。

わたしと紫苑、塔ノ沢監督がいるのは、アニメキャラの声を収録する施設。いわゆるアフレコスタジオだった。そのコントロールルーム、最後部にあるソファに座り、わたしたちは塔ノ沢監督と向き合っている。

ここに来るのは、二度目のことだった。

数週間前、わたしが塔ノ沢監督の新作劇場版アニメ『おやすみユニバース』の主演のオーディションを受けたとき以来。

ただ――、

「そうか、山田さん……」

つぶやくように、塔ノ沢監督はそうこぼす。

「香家佐さんではなく……」

塔ノ沢監督の言う通り、わたしは『紫苑の振り』をしてその場に臨んでいた。

つまり……地味な女子高生『山田良菜』が、大人気声優『香家佐紫苑』としてオーディションを受けていたのだ。

……我ながら、本当にめちゃくちゃだ。

そんな入れ替わり、どう考えてもありえない。

でも、そうなってしまった。

そんな風にわたしはオーディションに参加し、主演を勝ち取ってしまったのだった。

──すべてのきっかけは今年の春。

紫苑(しおん)が北海道(ほっかいどう)で、飛行機の足止めを食ったことだった。

その日、どうしても外せないアフレコがあった紫苑は、ネットで見かけた「自分に声がそっくりな女子」、つまりわたしに代役を依頼。プロのアフレコ現場に放り込んだ。

さらに、自分たちが声だけじゃなく顔までそっくりなのに気付き、こんなことを言いだしたのだった。


「──わたしと入れ替わってくれない?」

「──良菜(らな)。わたしの代わりに、『香家佐(かげさ)紫苑』になってくれない?」


とんでもない提案だった。

もちろん、一も二もなく断った。

ただ、紫苑から強くお願いされて、わたしは恐る恐る入れ替わりを了承。

以来、ときどき香家佐紫苑としてオーディションに参加し、受かればアニメに出演する日々を送るようになった。

そしていつしか――心の底から、お芝居に夢中になってしまったのだった。

「えっと、山田さん」

「は、はいっ！」

ふいに監督に呼ばれて、素っ頓狂な声が出た。

塔ノ沢監督には、今日の話の前に事情を明かしていた。

オーディションを受けたのは、紫苑ではなく別人であったと。

それでも、ということで今日はお招きいただき、こうして対面しているのだけど……、

「わ、わたしに何か……!?」

……まあ、怯えている。

何を言われるのかと、内心怯えまくっている。

お叱りを受ける可能性はある。なんなら、ぶち切られて当然だとも思う。だから、身をすくめて次の言葉を待っていたのだけど、

「あ、その、大丈夫です」

そう言う監督は、どこか木訥とした声だった。

「そんなにかしこまらなくて。リラックスしていただいて」

「はあ……」

「あなたに役をお願いするのは変わりませんし。別段入れ替わりのことで、告発とかするつもりもないので」

「そ、そうですか……」

恐る恐る様子を伺うと、監督の表情はあくまでフラットだ。

確かに、怒られたりする気配は感じられない。

「今日はちょっと、作品のことを事前に色々お話ししたくて。だからすいません、急にお呼びしてしまって」

「い、いえ。そう言っていただけて、よかったです……」

言いながら、安堵にふっと息をついた。

視界の端で、斎藤さんも小さく胸をなで下ろしている。

「でも……そうだな」

監督は辺りを見回して、考える顔になる。

そして、ふいに腰掛けていた椅子から立つと、

「ちょっと……出ましょうか」

「え、で、出る、ですか？　スタジオを？」

「ええ」

監督はうなずき、ショルダーバッグを肩にかける。

「狭苦しいここよりも、広い場所で話したいです。ついてきていただけると」

「は、はあ……」

困惑しながら、鞄を手に取った。

い、いきなりだな……急に外に、だなんて。

でも、クリエイターってこんな感じなのかもしれない。

急にこうやって、自由気ままに動くものなのかも……。

「山田さんだけでなく、香家佐さんたちもご一緒できれば」

「あ、は、はい！」

「わかりましたー」

監督に言われ、斎藤さんと紫苑もソファを立つ。

そして、何人かのスタッフさんと一緒に、わたしたちは監督に続いてコントロールルームを出たのだった。

＊

——『おやすみユニバース』。

ファンからも業界からも注目を集める、期待の新作劇場版アニメだ。

原作は話題のSF小説で、指揮を執るのは新進気鋭の若手監督、塔ノ沢藤次。

制作は、深夜アニメ『眠れないから何か話して』が高い評価を得たクラウンワークス。

そして——わたしにとって初めての、主演を担当するアニメでもある。

実は……この作品に受かる前、わたしは入れ替わりをおしまいにするつもりだった。

半年間紫苑の代わりとしてがんばって、わがままも言わせてもらった。

紫苑や斎藤さんにも、結構な迷惑をかけちゃったと思う。

だから責任を取るためにもすっぱり諦めて、地味な一女子高生に戻るつもりだった。

そんなわたしの前に紫苑が再び現れて、『おやすみユニバース』に合格したことを告げ
——わたしは、声優の世界へ戻ってきたのだった。

つまり……今作が、自分にとっての声優復帰作になる。

「——この辺りを、作中の舞台として使うんです」

スタジオから、車で走ること三十分ほど。

降車したのは、高田馬場駅から少し離れた住宅街だった。

「『魔法少女の夢』の舞台ですね。この辺りに日向の自宅がある設定で、坂を下った先の
新目白通りでは、敵の魔法少女とのバトルになります」

どこか懐かしい匂いのする狭い路地。

古い家々と、塀の上を歩いている野良猫。

小高い丘の上にあるここからは新宿の街並みも見えて、高いビルがクリーム色の陽光を反射している。

「生活動線はあえてぐちゃぐちゃに設定して、リアルと嘘っぽさを混ぜる。それで夢の質感を出せればなと思っていて。オタク文化への感謝や、深夜アニメへのリスペクトもそこに込めたい――」

熱心な監督の話を聞きながら、ゆっくりと息を吐き出した。

こういう街並みは、わたしも大好きだった。

初めて来るのにどこか懐かしいような、ここに住んでいるわたしを想像してしまうような、不思議な感覚。

「ご存じだとは思いますが、『おやすみユニバース』には無数の夢が出てきます」

監督が、わたしの目を見て話を続ける。

「多元宇宙論をイメージした形で、夢を扱うわけですね。なのでここも、その舞台の一つです。ただ、リアリティラインは高め。普段のテレビアニメのお芝居とは、ちょっと勝手が変わるかもしれません」

「他のキャストさんは、もう決まったんでしょうか？」

成り行きを見守っていた斎藤さんが、監督にそんな風に尋ねた。

「その辺りわかると、お芝居のイメージもつきやすいかなと思いまして」

「ええ、メインどころは決まりました」

坂道を下りながら、監督はうなずく。

「まず、現実世界の日向の彼氏。夢の主である男の子は……俳優の、矢盾陣さんにお願いします」

「ええ!?　矢盾さん!?」

大声が出てしまった。

——矢盾陣。

二十代半ば、今をときめくイケメン俳優だ。

わたしも彼が主演のドラマはよく見ていたし、今日も彼が出ている洗剤のＣＭ動画を電車で見かけた。

あの人が……アフレコに参加するの!?

え、ヤバ、なんかドキドキするんだけど。お芝居とはまた違うドキドキというか……。

「なるほど、てことはお芝居もリアル寄りですねー」

そんなわたしの隣を歩きながら。紫苑がうんうんうなずく。

「ドラマとかの感じに近いっていうか。距離感とかも、アニメのやつじゃなくて現実っぽくして」

「ええ、その予定です。設定は荒唐無稽ですが、感情は現実準拠で」

リアル寄り……距離感……。

どうしよ、その辺まだよくわかんない。

そういうことを意識してお芝居したこと、一度もないかも……。

でも確かに、本職が声優じゃない役者さんが出てる作品って、空気感がリアルっぽい印象がある。多分、これまでの演技とは違う注意が必要なんだろう。その辺は、ここからまた勉強していかないと……。

「ただ、ちゃんとアニメっぽさも残したいので……妹。日向の妹である長閑(のどか)の役を、欄干(らんかん)橋優花(ばしゆうか)さんにお願いしました」

「おおお！　欄(らん)ちゃん!!」

紫苑が興奮の声を上げる。

「マジですか！　いいなー！　わたし、欄ちゃん大好きで」

欄干橋優花さん。

十六歳、今人気急上昇中の、超若手声優さんだ。

お芝居はもちろん、かわいいルックスや歌でも大人気で、同じ事務所の声優さんと組んだユニットでCDデビューもしている。

紫苑はその欄ちゃんを激推し中。お仕事こそご一緒したことはないものの、ＣＤを買いあさり出演作はすべてチェック。ライブにも何度も足を運んでいるそうだ。

「はい。あの期待にきちんと応える感じが、長閑に合うかなと思いまして」

「あー合いそう！　すごいですよねー欄ちゃん！　打率十割！」

「ええ。そしてきっと山田さん、矢盾さん、欄干橋さんのお芝居が混ざると、すごく良い空気感が生まれる気がするんです」

言われて、わたしも想像してみる。

まだ出会ったことのない。矢盾さんと欄干橋さん。

それぞれ違う特徴を持った、役者さんたち。

彼らと一緒にお芝居することで、生まれる世界――。

……わくわくに、胸が大きく高鳴った。

ちょっと前まで、もう声優はやめたつもりだったのに。

ごく普通の高校生に戻ったつもりだったのに、あっさり期待しはじめている。

結局、逃げることなんてできないんだ。お芝居の高揚から。演じる喜びから。

だから――向き合いたいなと思う。

できるだけ正面から、わたしはお芝居というものに向き合いたい。

＊

住宅街の中をしばらく歩き、久七坂を下りきる。

日の沈みかけた下落合の街。大通りから一本内側に入った小道。

気付けばわたしたちは──とある分かれ道に差し掛かっていた。

Y字に分岐したアスファルトの道路。

それぞれ雰囲気の違う住宅街に向けて、二本の道が延びている。

間には古い戸建てが挟まれていて、木製のベランダに誰かの洗濯物が干されていた。

薄紫に滲む空の下、わたしはぼんやりと白い月を見上げる。

九月。空気はまだまだ夏の暑さを残していた。

半袖から伸びた二の腕を撫でる風が心地いい。

空気に霞む草や花の匂い。どこかから聞こえてくる誰かの笑い声。

なんとなく、予感がある。

きっと……日向もこんな景色の中にいたことがある。

無数の夢を巡り、眠る彼氏の下にたどり着いたあの子も。こんな夕方の住宅街で、懐かしい匂いの中で、こうして月を見上げていた──。

「……悩んでいたんですが」

ふいに、塔ノ沢監督がそんな声を上げた。

「言うべきか、そうじゃないか迷っていたんですが。やっぱり……お二人に、聞きたいことがあります」

「は、はい！」

「何ですか？」

突然の、ちょっとかしこまった言い方。

思っていなかった展開に、わたしは反射的に背筋を伸ばす。

「山田さんは、香家佐さんとして『おやすみユニバース』に参加することになるわけですよね？」

戸惑うわたしに、彼はそう尋ねてくる。

「香家佐紫苑としてオーディションを受け、香家佐紫苑としてお芝居をする。今作に拘わらず、他の作品でもそうしていくつもりであると」

「……そう、ですね」

おずおずと、わたしはうなずいた。

「これまでもそうでしたし、これからもそのつもりです」

正確に言えば、わたしは『声優』になったわけではない。

『人気声優、香家佐紫苑の身代わり』になったんだ。

そこからはみ出すこともあったけれど、その根っこの部分を忘れたつもりはない。

紫苑は、会社を立ち上げたいという夢を持っている。

わたしに入れ替わりを打診したのも、それが理由だ。

声優を引退できるように。所属事務所であるプロダクションモモンガに迷惑をかけずに自由になれるように、わたしがその立場を引き継ぐ。

だからこそ、わたしはここまで優遇されてきた。素敵な作品にも出演できた。

その恩に応えたいと思っている。わたしのお芝居には――そんな大前提がある。

「今、山田さんは何を見ていました？」

じっとわたしの目を見て、けれど監督は尋ねてくる。

「何を感じて、どんなことを考えていました？」

「……えっと」

言われて、ほんの数秒前の自分のことを思い出す。

目に映っていたもの、感じていたこと。

そして、考えていたこと――。

「夕焼けの空と月がきれいで、漂ってる香りで胸がぎゅっと苦しくなって……。それで、そう。きっと、日向（ひなた）もここにいたことがあるって、思ったんです」

その姿を、はっきりと思い浮かべながらわたしは言う。

「魔法少女になったあの子も、ここに立ったことがあって。そのとき何を思ったんだろう、どういうことを考えたんだろうって……そんなことを、一人で想像していました」

日向の考えること。

感じることや、あるいは感じないこと。

そういうことを、自然に考えていた。

監督も、わたしにそうさせたくてここに来たんだと思う。

「それは――一人の役者ですよね」

そんなわたしに、監督は言う。

「自分の感覚を使いながら、キャラの輪郭を探ろうとする。その内面を再構成して、把握しようとする。それは誰かの入れ替わりとか、身代わりとかではなく、山田良菜という一人の役者ですよ」

――一人の役者。

入れ替わりじゃない、身代わりじゃない。

わたしという一人の声優――。

反射的に――紫苑を見た。

じっと、そばでわたしたちの会話を聞いていた紫苑。

彼女はどこか無防備な表情で。自信に溢れた笑みでもなく、オーディションに向かう獰猛な顔でもなく、素の一人の女の子。野島紫苑として――じっとわたしを見ていた。

……本当は、わたしも気付いていたんだ。

監督が言う通りのことを。

わたし自身が、紫苑ではなく別の役者になりつつあることを。

けれど、そのことをどう受け止めればいいのかわからなくて。酷い裏切りであるような気も、むしろ誠実な変化であるような気もして、口に出すことができなかった。

そんなわたしに――、

「別の役者として、生きるべきではないですか？」

監督は――真正面から現実を突きつける。
「山田さんは山田さんとして。香家佐さんは香家佐さんとして、お芝居に取り組むべきじゃないでしょうか？」

素朴な語り口で。けれど、声には深い情熱を込めて。

その場にいる全員が、短く沈黙する。

わたしたちの傍らを、スクーターに乗ったおじいちゃんが不思議そうな顔で駆け抜けていった。

――別の役者として生きる。

――紫苑とは、別の道を歩み出す。

もう一度空を見上げると、日はずいぶん大きく傾き、東の方には星が瞬きはじめていた。

なんだか、酷く心許ない気分になった。

ここから、どう歩いていけばいいんだろう。

わたしたちは、どんな風に進めばいいんだろう。

わたしと紫苑を待っている、酷く不確かな未来――。

「二ヶ月後に、『おやすみユニバース』のキャストが発表されます」

監督が、穏やかに言葉を続けた。

「三ヶ月後にはアフレコ。その後、キャストさんにも力をお借りして宣伝期間を設け、半年後に作品は公開されます」

「……はい」

短くそう返すと、監督はわたしを、紫苑を、斎藤さんを見て、

「二ヶ月後までに、考えておいてほしいです」

　フラットな声のままでそう言った。

「キャスト発表までに決めてください。山田さんが、山田さんとして『おやすみユニバース』に出演するのか。あるいは——これまで通り、香家佐紫苑としてなのか。もちろん、どちらかに強制するつもりはありません。皆さんで決めたことに、文句を言うつもりもありません」

　事務連絡みたいなその口調。

　一人の責任のある立場として、大人として話す塔ノ沢監督。

「でも……僕は」

　ふいに、監督は笑う。

　親しい友達に話しかけるような。

　思春期の子供みたいな、どこかあどけない表情だった。

「二人が別になった方が——面白いのができると思うんだよなあ」

＊

「――確かに、一度きちんと考えるべきだと思います」

帰りの車の中。

事務所へ向かう、道の途中で。

静けさを破って切り出したのは、斎藤さんだった。

「『おやすみユニバース』で求められるのは、これまでの紫苑とは別のお芝居ですよね。入れ替わりに無理が出てくるのは間違いありません。それに監督の言う通り、このままでいいのかって問題もある。二人にとって、入れ替わり続けるのがベストなのか……」

エンジンの振動を背中に感じながら。

東京の夜景が窓の外を流れるのを見送りながら、わたしも頭の中で考え続けていた。

入れ替わりを、やめてしまうべきなのか。

わたしと紫苑は――別々の役者になるべきなのか。

塔ノ沢監督の指摘は、鋭かった。

確かに、選択が必要だ。

わたしは、一人の役者になりつつあって……だとしたら、決断しなきゃいけない。

入れ替わりをやめるならやめる。続けるなら、覚悟を決めて紫苑の代役に徹する。

どっちつかずの中途半端にしているのは、誰にとってもメリットがない。

「……でも、簡単な話じゃ、ないですよね」

少し考えて、そうこぼした。

具体的にイメージすると、様々な問題が見えてくる。

「例えば、わたしが出た『コミック・ロジック・レトリック』……今も放送中ですし、二期がありそうな雰囲気にもなってますし。入れ替わらなくなるとしたら、今後はそっちをどうするのか……」

例えば、『おやすみユニバース』で山田良菜（やまだらな）としてデビューするとして。

今後の仕事はその名前で受けるとして、既存の『紫苑（しおん）として受けた仕事』はどうするのか。今後も作品が続く限り、そこでは紫苑の振りを続けるのか。

正直……それはキツいだろう。

頭がこんがらがりそうだし、どんどん芝居に無理が出てきそうだ。

逆に、紫苑本人に引き継いでもらうのも無茶（むちゃ）だと思う。

現場では現場ごとの『空気』が積み上がっていく。いくら紫苑といえども、それを知らないままアフレコに参加すれば絶対にボロが出る。

となると……、

「……入れ替わっていた事実を白状して、山田良菜として出演する、とか？」

そういう可能性も、ありえると思う。

「世間にきちんと説明して、お詫びをして、みたいな……」

色々こんがらがった現状をすっきりさせて、一からやり直す。

そのためには、覚悟をしてすべてを明かすことも、選択肢として考えなきゃいけない。

「ですね。そういうことも、必要になるかもですね……」

斎藤(さいとう)さんの返事は、酷(ひど)く気が重そうだ。

「まあ、めちゃくちゃ燃えそうですけど……」

「……ですよね」

うん……間違いなくネットで炎上するだろう。

エグい勢いで燃えまくるのは、確実だ。

しばらくSNSとかはその話題で持ちきりだろうし、『技術室ちゃん事件』なんて比じゃないレベルで騒がれるだろう。下手したら、一生後ろ指をさされるかもしれない。

そんな未来を想像して、背筋に冷たいものが走って、

「……とすると、わたしは入れ替わりやめるの、反対かな」

ため息交じりにそう結論した。

「良くしてもらった恩もありますし、迷惑はかけたくないです……」

燃えてしまうくらいなら、無理をしてでも『紫苑の代役』を貫きたい。

そもそも、紫苑には『起業』っていう夢があるわけで。そのためにわざわざ『入れ替わり』を始めたんだ。それをあっさり諦めるわけにはいかない。

わたしが手に入れたものは、ほとんど紫苑がくれたものだ。

そんな恩人の気持ちを、夢を、わたしは大切にしたい。

「……紫苑は、どう思う？」

運転席から、斎藤さんが紫苑に尋ねた。

「紫苑は、入れ替わりを続けるのとやめるの、どっちが良いと思う？」

「んー」

短く上がる、うなり声。

どうなんだろう……この子的には、どう思うんだろう。

全然予想がつかないまま、彼女の方に目をやると——、

「やめちゃっていいんじゃーん？」


——軽やかな声だった。

クラスの友達と雑談するみたいな、リラックスした口調だった。

「別々になるの、ありでしょ。楽しそうだし」

「……いやいやいや。話聞いてた？」

思わず笑ってしまいながら、突っ込みを入れる。

「そんな簡単じゃないんだってー。こっそりやめるにしても、色々あるし……」

「じゃあ、全部明かせばいいよ。まあ覚悟決めてさー」

「だから！　そういうノリで言えるやつじゃないって！　大事件になるって！」

「そう？」

「当たり前でしょ！　ネット中大騒ぎだよ！」

「それも楽しそうじゃね？」

「もー！」

こっちを見るその笑顔の華やかさ。

こんなときにも、余裕たっぷりの態度。

なんだか、張り詰めていた気持ちがちょっと緩んだ気がする。

どうしても視野が狭くなりがちなわたしだから。四角四面に考えちゃうから、この子の
こういうオープンさには相変わらず救われる。

「まあ、わたしはわたしでさー」

ただ、そんな風に紫苑が続けた言葉。

その声のトーンが、少し落ちた気がした。

「負い目を感じてるところも、なくはないってわけ」

「……負い目？」

「うん。だからここで全部清算しちゃうのも、悪くはないのかもなーって思ってさ」

全部、清算……。

どういうことだろう。負い目って、何に対する？

よくわからない、彼女が何を思っているのかは、いまいち読み取り切れないんだけど、

「ひとまず」

斎藤さんがそう言って、わたしは意識を運転席に戻した。

「ここですぐ答えを出すのは無理でしょう。色んな条件が絡みますから、簡単には決められません。会社とも話さないと」

「……ですよね」

「それはそうねー」

「とはいえ、三ヶ月後のアフレコまで山田さんに待機いただくわけにもいかない。お芝居の練習も必要でしょうし、実は山田さんに新しくオファーしたい仕事もある。ので……」

言うと、斎藤さんは深く息を吐き、

「ひとまず……現状維持で」

どうにも煮え切らない口調で。

苦しげな口ぶりで、わたしたちにそう言う。

「これまで通り、入れ替わりを続ける形でもう少し色々考えましょう。山田さんは紫苑と

してオーディションを受けて、通った作品に出演する。養成所でのレッスンも再開しましょうか。紫苑も紫苑で、これまで通り仕事を継続。つまり――二人で『香家佐紫苑』を運用する形で」

「……了解です」

「それが無難だねー」

現状維持で、活動を元に戻していく。

本当に何かを決めるのは、もう少し時間をかけて考えてから……。

まあ確かに、それが得策だろう。今の勢いで何かを決めるのは危険だ。

なら……せめて考えようと思う。

どうするのが、わたしたちのためになるのか。

応援してくれるみんなにとって、一番良いのか。

それがきっと、わたしに課せられた最低限の責任だと思う。

「ということで、真面目な話はここまで！」

重い空気を振り払うように、斎藤さんが明るい声を上げる。

「色々あった一日ですし、あとは未来のわたしたちに任せましょう！　それに、今日は報告もあるんですよ！　二人に、新しい仕事のオファーが来ています！」

「お、なになに？　なんか受かったー？」

「わたしにもお仕事……なんだろう」

紫苑(しおん)と二人、前の席に身を乗り出す。

久しぶりにいただく、声優としてのお仕事。

もやっとした気分は消えないけれど、まずはそっちも大切にしたい。

「まずは紫苑。来年リリースの大作ソーシャルゲーム、『精彩世界(せいさいせかい)』の女性主人公役に受かりました！」

「やった！　絶対やりたかったやつ！」

「おおー！」

『精彩世界』――この作品の話は、覚えている。

ちょうど、『おやすみユニバース』のオーディションに向けて練習している頃、紫苑が受けていた作品だ。

韓国の会社『ＮＲＶ(エヌアールブイ)　Ｉｎｃ．(インク)』が制作中の、オープンワールドアクションゲーム。

実力のある企業が社運を賭けて制作しているとのことで、業界の注目も集まっている。

その女性主人公――暗(あん)。

そんな大役に、紫苑が合格した――。

「よかったね！　めちゃくちゃ気合い入れてたもんね、あれ！」

「うん！　あーうれしい！　ＮＲＶの過去作、やりまくっておいてよかったー！」

本気でうれしそうにしている紫苑。

これまでもソシャゲには結構出ているけど、主役は確か初めてのはず。

やっぱり、この子でもうれしいんだな。新しく大事な役をもらえると。

「近いうちに収録も始まるよ。ボリュームがすごいことになると思うから、気合い入れていこう！」

「わかった！　よし、やるぞー！」

「続きまして、山田さん！」

「はい……！」

名前を呼ばれて、反射的に背筋を伸ばした。

わたしに頼みたい仕事……どんなお仕事だろう。

紫苑と入れ替わりを始めて半年以上経つけれど、まだまだこの業界知らないことだらけだ。だからどんな内容でも、精一杯がんばりたい。

「今回お願いしたいのは……」

前置きすると、斎藤さんはふっと笑い、

「ラジオのお仕事です！」

「おお……ラジオ！」

「AMラジオ局『ラジオニホン』の、○時からの番組ですね。週一で、三十分尺になるとのことです！」

「えええええっ⁉」

ラジオニホン⁉　わたしもよく聞いてたラジオ局じゃん！

わたし、実は深夜ラジオのヘビーリスナーだ。

芸人さんやミュージシャンがパーソナリティを務めるラジオを、眠い目を擦(こす)りながら毎週聞いてきた。しかも、中学生の頃からずっと！

そんなわたしに……ラジオのお仕事⁉

「うれしすぎます……超やりたいです！」

「よかった。じゃあこっちも、準備を進めていきましょう」

「はい！　……あれ、でも」

と、わたしはふと疑問に思う。

「なんで、それをわたしに振ってくれるんですか？」

わたしがオーディションを受けて合格した案件なら、わたしに振ってくれるだろう。

けど多分、このラジオはそうじゃない。局側からオファーをいただいたお仕事だ。

別に、紫苑(しおん)でも問題ないはずなんだ。

だとしたら、なんでわざわざわたしに……。

「それが……実は今回、共演者が指定されてまして」

「はあ、共演者……」

「二人組のパーソナリティで、お願いしたいと言われているんです」

何か企(たくら)むような声の斎藤(さいとう)さん。

なるほど、二人のラジオなんだ……。

「誰、何でしょう？　わたしが、お仕事ご一緒したことのある人ですか？」

「ううん。むしろ、これからご一緒する人で……」

そこまで言うと、車が赤信号で停(と)まる。

そして、斎藤さんはこちらを振り返ると。

「——欄干橋優花(らんかんばしゆうか)ちゃんです」

なんだか楽しそうな声色で、わたしにこう言ったのでした——。

「『おやすみユニバース』で共演する声優さんとの、ラジオのオファーなんです！」

第二話

【アナザーワールド・アナザーアクター】

Welcome to the recording booth! 2

──都心のラジオニホン、本社ビル。最上階の六階。

その片隅にある会議室で、わたしは台本に目を通していた。

「ふんふん、ここでラジオドラマのコーナーか〜」

小さく鼻歌を歌いながら、口調も上機嫌に。

背筋を伸ばして顔には笑みを浮かべ、できる限り『紫苑（しおん）』らしく。

「コーナーは毎週ちょこちょこ変わるけど、ここだけは固定って感じですかね〜」

「はい、そんな構成になる予定です」

尋ねるわたしに、番組ディレクターの五輪（いつわ）さんが笑顔で答えてくれた。

「ちなみに、番組開始前なのにメールもいっぱい来てます！　期待されてますよー」

「わあ、ありがとうございます！」

言いながら、プリントアウトされたメールの束を受け取った。

そこに書かれた、ファンのみんなの温かい声──。

『──紫苑ちゃんの大ファンです！　欄（らん）ちゃんも最近気になってたからうれしい！』

『──どんなラジオになるのか、今からわくわくです！』

『──この番組きっかけで、ラジオアプリもダウンロードしました！』

「もう少しで、欄干橋さん入られるようなんで」

メールを読むわたしに、五輪さんが言う。

「揃ったら、お打ち合わせ始めさせてください」

「はーい、ありがとうございます！」

今日はわたしと欄干橋さんのラジオ番組。その名も『渡る世間は推しばかり！』の、初回収録日だった。

久しぶりに、わたしは全身まるっと紫苑モード。

華やかな色のカットソーとオーバーサイズのバギーパンツで、この場に臨んでいる。

もちろん、メイクも髪の毛もばっちり。

久しぶりにこの格好をすると、自然と行動も思考も紫苑っぽくなるから楽しい。

ただ……、

「……」

同時に、そこそこ緊張もしてしまっているのだった。

だって……ラジオ番組だよ!?　ずっと憧れだったんだよ!?

こんな状況、ドキドキしちゃうに決まってる！

はあ……このビルで、わたしの大好きな番組が生放送してたんだ。

この会議室も、使われたりしたのかな？

あの芸人さんが、ここで打ち合わせしたり……？

アフレコスタジオにはまあまあ慣れたわたしだけど、初めての現場では未だにどうしてもそわそわしてしまう。

それに、

「……」

わたしはちらっと向かいの席。まだ誰もいない、台本の置かれた席に目をやる。

もう一人のパーソナリティ、欄干橋優花ちゃん。

もちろん、データは頭に入っている。年齢はわたしの二つ年下の十六歳。

一昨年デビューで、以来トントン拍子で大人気になった期待の若手声優だ。

紫苑もその熱烈なファンで、

「──欄ちゃんの声からしか摂取できない栄養がある」

「──顔面ＩＱ２００００」

「──新曲最高、モモンガの社歌に採用したい」

などと日常的に推し語りをしている。それを知ったラジオニホンの人が、「是非お二人でラジオを！」とこの番組を企画してくれたんだそうだ。

ただ実は紫苑と欄ちゃん、一度も会ったことがなかったらしい。

スタジオで鉢合わせ、なんてこともなく、つまり今日が完全なる初対面だ。

……どんな感じの子なんだろう。

話は合うかな？　仲良くなれるかな……？

『おやすみユニバース』での共演も控えてるし、できればここで友達になっておきたいところだ……。

「……あ、来たかな」

考えていると、五輪(いつわ)さんが顔を上げる。

確かに何人かの足音と話し声が、こちらに近づいてくる気配がある。

背筋をもう一度正していると、会議室のドアが開かれ、

「──おはようございまーす！」


──彼女(ヽ)が(ヽ)現れた。

一瞬で──眩(まばゆ)さに目がくらんだ。

白いブラウスに、つややかな茶色のロングヘアー。

整った顔に、大きくてうるうるの瞳。

肌は真っ白で滑らかで、生まれたての赤ちゃんのよう──。

「OTONARIプロダクションの、欄干橋優花です！　よろしくお願いします！」

「……」

一瞬、反応に遅れてしまった。

かわいい人は、世に沢山いる。

共演してきた声優さんや、学校にだってびっくりするような美人はいる。

だから最近、見た目の良い女性には慣れていたつもりだったんだけど。ちょっとやそっとの美人さんじゃ、動揺しないつもりだったんだけど、

「……わー、はじめましてー！　すごーい！　本物だ！」

慌てて紫苑を装いながら。

彼女の下に駆け寄りながら、わたしは小さく衝撃を受けていた。

「えー、ありがとうございます、あはは」

欄ちゃんは楽しげに笑い、わたしの手を取ってくれる。

「ずっとお会いしたかったです、香家佐さん！　ご一緒できてうれしいです！」

「こっちこそだよー！　うわ、手握っちゃってる！　欄ちゃんの手……！」

「はは、本当に推してくれてるんですね。光栄です」

なんと言えばいいんだろう。

目の前にいる女の子、欄干橋優花ちゃんは――１００％、欄干橋優花ちゃんだった。

ライブの映像で見たときと変わりない。

動画や生配信での姿に、全く見劣りしない。

外見も立ち振る舞いも声色も、完璧に「イメージ通り」の女の子だった。

もちろん、わたしも身だしなみや言動には気を付けている。

人前に出るときはメイクも服装もばっちり。声色だってテンションだって、『香家佐紫苑』を徹底している。

ただ——欄ちゃんは、次元が違う。

ステージに立っているときと、全く同じ。

これからするのはラジオの収録で、ファンに見られることなんてないはずなのに……無数の光の粒子をまとって、彼女はそこに立っていた。

「……いや、見過ぎですよー！」

さすがに凝視しすぎたらしい、そう言って欄ちゃんは笑う。

「ドキドキしちゃいますよ、そんな至近距離で！」

「あははー、ごめんごめん！」

彼女の手を放すと、わたしは席に戻った。

欄ちゃんも鞄を傍らに置き、一度頭を下げてからわたしの向かいに腰掛ける。

「大丈夫？　喉渇いてない？　お茶飲む？　飴とかもあるし、遠慮なくもらっちゃお」

「あー、すいませんありがとうございます！」

「あと部屋の空調大丈夫？　暑かったり寒かったりしない？」

「大丈夫です……ていうか気遣いすぎですって！　推してくれてるとは言え、申し訳ないですよ！」

「そりゃ甘やかすでしょ！　いいのいいの、やりたくってやってるんだから！」

「えー、紫苑さん、こんな感じなんだ」

面白そうに笑う欄ちゃん。

その口元から、かわいらしい八重歯が覗いた。

「もうちょっと、クールな方なのかと思ってました。お芝居も、ビシッと決まってて凛々しいですし」

確かに、紫苑はそういうところもあるかもしれない。

華やかだけど自立している、かっこいい女の子。世間にもそう思われている。

けれど……わたしは知ってるんだ。

あの子が、自分の推しにはデレデレしちゃうことを。

特に、欄ちゃんみたいなかわいい子にはお節介になってしまうことを。

だから今回は、その感じを出してくのが正解と見た！

「もちろんクールだよ！」

言いながら、わたしは欄ちゃんに胸を張ってみせる。

「この番組でも、お姉さんとして欄ちゃんをお守りしますから！」

「もー、ほんと過保護ですねー」

どこか呆れたような口調の欄ちゃん。

けれど、彼女はすぐにその顔をほころばせ、

「でもおかげで緊張がほぐれました。ありがとうございます！」

花が咲いたような笑みだった。

クラスにこんな子がいたら、その場の大半が恋しちゃいそうな笑顔だった。

実際、こうやってわたしでさえお世話したくなる感じが欄ちゃんにはある。

お姫様っぽいというか、大事にしたくなるというか。

だから、紫苑の振りと言いつつもまあまあこれはわたしの素でもあって。そういうキャラが初対面で立ってるのは、すごいことだよなーと改めて感心してしまった。

「いいですね、今のやりとりの感じ」

五輪さんが、うれしそうな顔でそう言った。

「この番組、元々『紫苑さんが欄干橋さんを推してる』って話から始まりましたし、だから『渡る世間は推しばかり！』ってタイトルなわけですが」

言いながら、五輪さんはＡ４サイズの原稿をこちらに掲げ、タイトルを指差す。

確かに、事前にそんな説明を受けていた。推してる側と推される側のパーソナリティ二

人が、アニメの推し活を題材にお話する番組なのだと。

「そういう風に、普段から推す、推されるの雰囲気が見えるといい気がしますね！　トークの立ち位置的に、今の関係性でいくっていうか」

「あー、なるほどなるほど！」

欄ちゃんが、台本にメモを取りながらうなずく。

「確かにそうすると、コンセプトともぴったり合いますね！」

「なので、過保護な香家佐さんと、それにちょっと突っ込み気味の欄干橋さんっていう感じで、そこから広げていけると……」

と、そこまで言うと、五輪さんは我に返った顔になり、

「すいません、まだちゃんと、打ち合わせ開始できてなかったですね」

恥ずかしそうに言って、頭を掻いた。

そして、椅子の上で居住まいを正すと、改めてわたしたちの方を向き、

「ということで……ラジオニホン制作局の五輪です。この番組のディレクターをやらせていただきますので、よろしくお願いします！」

そんな挨拶をして――本格的な打ち合わせが始まったのでした。

＊＊＊

「――おはようございまーす！」

『精彩世界』の収録初日。スタジオのコントロールルームにて。

そこにいる皆さんに、紫苑はいつものようにご挨拶をする。

「プロダクションモモンガ、香家佐紫苑です。本日はよろしくお願いします！」

「はーいよろしく！」

「よろしくお願いしまーす」

アニメのアフレコでもよく訪れる、おなじみのスタジオだった。

カラフルな内装と、ずらっと並んだ機材たち。

今回使う小さめのブースも、前にナレーション録りやソシャゲのキャラの収録で使わせてもらったことがある。もはや実家のような安心感です。

けど、今回はちょっと気合いの入り方が違う。

いつもより背筋が伸びちゃうし、なんだか声も大きくなっちゃう。

なんせ……主役！

今回わたしは、主役の収録でここにやってきたんだから！

「じゃあすみません、まずは軽く打ち合わせを」

アニメでは音響監督。ゲーム収録ではディレクターなんて呼ばれる立ち位置の方が、笑顔でそう言った。

「本国の方とも、回線繋(つな)がってますので！」

「はい、よろしくお願いします！」

台本の入ったキャリーケースをゴロゴロしてブースに置いてから、ソファ席に向かう。

これを持って事務所を出たとき、偶然居合わせた良菜(らな)にびっくりされたなあ。

「──な、何それ……!?」

「──その中全部、台本が入ってるの!?」

驚きすぎて、持ってたお茶こぼしそうになってて笑った。

でもそう、その通りなんだよ良菜くん。

ソシャゲの、しかも主人公ともなれば収録量は膨大だ。

具体的に言えば、今回は２０００ワード。

つまり、トータルで２０００個くらいのセリフを収録することになる。

深夜アニメなんかと比べると、目が飛び出そうなほどの大ボリュームだ。

もちろん、今日だけで終わらないから四日くらいに分けて収録予定。

その後もイベントや追加ボイスの収録のため、月一くらいで新たにアフレコをさせてもらうことになっています。

改めて気合いが入るね！　準備も入念にしてきたし、ばっちり決めてやるぜ！

『──ということで、演じていただく暗。こちらにある通り、主人公ではあるのですがイメージは「闇のお姫様」です』

メーカーである『ＮＲＶ Ｉｎｃ．』。韓国にいるプロデューサーさんが、ネット越しに作品とキャラを改めて説明してくれる。

韓国の方なんだけど日本語は完璧。

こちらの文化に慣れているらしく、日常会話くらいは余裕らしい。

『武器は片手剣で、動きは……こんな感じですね。通常の攻撃は五段、四発目だけ魔術を使う。で、待機モーションは……これ、こんな感じで──』

『精彩世界』は、タイトルの通り色鮮やかな世界を舞台にしたゲームだ。

ガチャやデイリークエストなんかのソシャゲの要素もあるけれど、その根本は骨太なオープンワールドアクションゲーム。最近、いくつかの会社から同じコンセプトの作品が出ていて、一つの王道になりつつあるジャンル、って感じだろうか。

色とりどりの作中世界は、沢山の問題や対立、根本的な構造の不具合を抱えている。そこに立ち向かうのが、わたしの演じる主人公、暗ちゃん。

黒いドレスを身にまとった、とってもかわいい女の子。

白い髪と青い目がきれいだ。ラスボスであってもおかしくない配色のキャラだけど、ちゃんと主人公に見えるキャラデザになっていて素敵だなと思う。

ちなみに男性主人公は、同じく『闇の王子様』をイメージした『黒』くんだ。

プレイヤーは序盤で暗と黒、どちらかの主人公を選択し、好きな方でプレイしていくことになる。

『お芝居としては、基本は正統派のヒロインですね。ルックスの通り冷静なキャラなんですけど、抜けてて人なつっこいところもあるっていう。ただ、根っこの部分に『闇』の要素が見えるとありがたいです』

「なるほどなるほど」

設定資料にメモを書き込みながら、わたしはうなずく。

「ふとしたときに、そっちの感じが覗くイメージですよね。感情が高ぶったときとか、自分が揺らいだときとか」

『ですね、そういう風だとうれしいです』

OK、考えてきた演技プランの通りだ！

主人公としてのプレーンさと、暗ちゃんのオリジナリティのちょうどいいミックス。

やりがいもありそうだし、今日は楽しい収録になりそうだ。

「では……さっそくですが、収録を始めましょうか」

一通り説明を聞き終えたところで、ディレクターが言う。

「ボリュームあるんで、あとはやりながらお話しする感じで」

「はい、よろしくお願いします！」

ディレクターとプロデューサーにお礼を言って、わたしはコントロールルームのすぐ隣、収録ブースへ向かう。

「よーし、やるぞー！」

密閉されたその空間に入り、わたしは気合いを入れ直した。

アニメのアフレコよりもぎゅっとコンパクトな、一人分のスペース。

空気清浄機とアナログの加湿器と、キューランプ。近くで見ると眩しすぎるからか、ランプにはゴム製のカバーがかけられている。

照明も落とし気味で、とても静か……。

……実はわたし、この空間が結構好きだ。

もちろん、広いブースで仲間とかけあいをしながらお芝居するのも大好き！　というかそれが一番好き！　でも、こんな風にわたしだけの空間に籠もって、真正面からキャラと向かい合うのも、すごくやりがいがあるのだ。

「――ん、ん、んーん」

咳払いしながら椅子に腰掛け、目の前のテーブルに台本を用意。

お茶と筆記用具も並べて、準備はＯＫ！

ヘッドフォンを左耳には装着、右はちょっとずらすっていう普段のスタイルにできたと

ころで、

『――では、お願いしまーす』

ディレクターのトークバックが響いた。

「はい、お願いします！」

『ひとまずテストを、十二ページ目。二十四ワード目からいければと』

「十二ページ……」

『最初の街の門の前でガーディアン、フレデリックと会話するシーンですね』

「あった。はーい、承知しました！」

開いたページ、プリントされたセリフに目を通す。

小さく深呼吸して、自分の中にイメージしてきた『暗（あん）』を取り込む。

……よし、できた。いける。

そして、視界の端。キューランプがついたのを確認してから、

「――旅の者です。このナコクで、冒険者を募っていると聞いて」

わたしは、マイクに向かってお芝居を始めた――。

＊＊＊

「──香家佐紫苑とー！」

「──欄干橋優花のー！」

「『渡る世間は推しばかり！』」

わたしと欄ちゃんのタイトルコールに、元気なＢＧＭが乗っかる。

しばらく曲が流れて、ディレクターさんがキューを出してくれたら──、

「こんばんはーはじめまして！　声優、香家佐紫苑です！」

「ふふ。こんばんは。声優の欄干橋優花です！」

お互い顔を見合わせて、小さく笑い出しながらトークを始めた。

「ということで新番組が始まりましたー。タイトルは『渡る世間は推しばかり！』」

「うんうん」

「この番組はタイトルの通りね、推し活がテーマです。わたしと欄ちゃんの推しの話をしたり、皆さんの推し活エピソードを聞いていこうと思ってまーす」

「はい！　そういう番組でーす」

そこまで言い終えると、一度周囲を見回した。

好きな番組のサイトなんかでは見たことがあった、ラジオの収録スタジオ。

目の前にあるマイクと、音量調整用のカフ。

そして――テーブルの向かいにいる欄ちゃん。

アフレコスタジオにはずいぶん慣れたつもりだったけれど。ラジオのスタジオにはそれとはまた別の雰囲気があって、その新鮮さにほどよい緊張感を覚える。

ちなみに、今日のために卜ークも結構練習してきた。これまで紫苑が出演したラジオの音源を聞いて、あの子のしゃべりの特徴を掴んできた。

テンポのよさ、踏み込みの勢いの良さ、頭の回転の速さがあの子の魅力だ。

だから、ここはわたしから一歩前に出て……、

「じゃあ……まずは何より、自己紹介しようか？」

「そうですね。はじめましての方もいるかもしれないですし」

「え？　そう？　はじめましての人、いる？」

「それはいるでしょう」

「いやいや。わたしのこと知らない人はいるだろうけど。欄ちゃんはいなくね？　国民知名度百パーでしょ」

「そんなわけないでしょ！　わたしまだ駆け出しですよ⁉」

「わたしの中の知名度は百パー超えてるんだけど」

「なんですか紫苑さんの中の知名度って……」

転がるトークに、目の前の放送作家さんが噴き出す。

見ればガラスの向こうのディレクターさんもミキサーさんもニコニコしていて、よし、滑り出しは好調！　と内心ほっとした。

「ということではじめましてー、香家佐紫苑です。声優として、アニメやゲームなんかに出演させてもらっています！　欄ちゃんを推してまーす」

「欄干橋優花です！　駆け出しの声優として、一生懸命がんばっています！　同じ事務所のお友達とユニットも組んでいて、Ｓｕｇａｒｙ　ｔｏｎｅｓっていうんですけど――」

――欄ちゃんの自己紹介を聞きながら。

はきはきしたしゃべりを聞きながら、おお、ちゃんとラジオだ、と改めて実感した。

今回は二本録りの収録の形だし、この声がすぐにリスナーに届くわけじゃない。

それでも……マイクの向こうに誰かがいる。わたしたちのトークが、沢山の人に届く。

こうしてスタジオでお話をしていると、不思議とそういう体感がちゃんとある。

「そちらの活動もがんばってます！　是非応援してくださいね！」

「シュガトンね、新曲良かったよー！」

「え、聴いてくれたんですか⁉　うれしい……」

「聴いた聴いた！　ほら見て、ここ来る途中でも聴いてて」

「いや今スマホ出さないでください！　収録中ですよ⁉」

「でも、わたしのシュガトン愛、証明したいし！」

「あとで裏でやってください、公私混同がすぎますよ……」

呆れ気味の欄ちゃんに、放送作家さんが笑いの声を漏らす。

うん……いいぞ。もう完全に、トークの基礎形式ができてる。

ちょっと心配にも思ってたけど、この感じなら楽しく最後までおしゃべりできそうだ！

「じゃあ、さっそく聴いてもらおうよ、その曲！」

「はい、そうですね。このままじゃ紫苑さん、スマホで流しそうだし……」

「ということで、聴いてください！　Ｓｕｇａｒｙ　ｔｏｎｅｓで『スイート・クリーム』」

タイトルコールで、聴き慣れた曲のイントロが流れ出す。

わたしは一度ヘッドフォンを頭から外すと、目の前の欄ちゃんと……同じく一息をつく
彼女と、短く笑い合った。

＊＊＊

「――この子はダキニ。狐ではありません」

「――いえ、魔物でもありません！」

反響の少ないブースに、わたしの声が響く。

「——大丈夫です、悪さはしませんから！」

「——ありがとうございます。ニョライの導きに感謝を」

相手のセリフを、周囲の景色を頭の中で思い浮かべながら。オーディオドラマを録るような感覚で、お芝居を続ける。

ゲームの収録時、アニメ収録のときのような映像は用意されていない。

わかっているのは目の前の台本、そこに書かれたシーン説明だけ。

その自由度も、アニメと違って面白い——。

『——はーい、ありがとうございます！』

シーンを演じ終え、ヘッドフォンの左耳からディレクターの声が響いた。

『今の、いただきます！　素晴らしかったです』

「ありがとうございます！」

収録は、順調に続いていた。

第一章のメインストーリー。物語は後半に突入し、お芝居のテンションも徐々に上がってきている。喉の調子は絶好調、暗ちゃんのキャラも十分身体に馴染んできた。

ここから、ストーリーは重要なシーンの連続になるらしい。

『つづいてー……次の百二十八ページ。マガツヒノカミとの対峙シーン』

「はい！」

『第一章のボスとの、戦闘前のやりとりですね。今日の収録は、このマガツヒノカミ周りで終わりです』

「承知しました！」

台本に改めて目を通し、わたしは内心気合いを入れ直す。

暗たちが最初に訪れる街。ナコクの守護神だと信じられてきた、マガツヒノカミとの対峙シーン。

ここは『精彩世界』に於いて、とっても重要な場面だ。

全体を貫くストーリー。その魅力をいかにプレイヤーに感じてもらうか。

今日の締めくくりとして、このシーンはばっちり決めたい――。

『――では、お願いします！』

「はい、よろしくお願いします！」

トークバックからそう聞こえて、わたしは大きく深呼吸。

暗は慈愛の笑みで、けれどどこか凜とした声色で、マガツヒノカミに語りかける。

だから、必要なのは――共感と決意。

二つの感情を、わたしはこの身に降ろしていく。
わたしの気持ちが、暗の気持ちとシンクロする――。
ただ……もう一つ大事なのは、わたしがわたしであることだ。
暗でありながら、香家佐紫苑（わたし）の強みも貫き続けること。
声の響き、思い切りのよさ、そういうものも、きちんと活（い）かす。
そして、キューランプがついたのを確認し――、

「――ずいぶん、苦しい思いをしてきたんだね……」

――お芝居を始めた。

「――あなたは悪くない、きっと誰も悪くないんだと思う」
「――悪人はわたしだけ。どの色にも染まらない、わたし一人……」

感情をまっすぐに声に込め、わたしは暗を演じる。
徐々にテンションを上げ、戦闘前の緊迫感を演出していく。
そこに時折混ぜ込む、わたしらしさ。わたしの声の煌（きら）めき。

「――他に、手段はないのかな？」

「――そう。ずっと前から、そうするしかなかったんだね……」

戦うしかない、という事実を、お互いに確認する暗（あん）とマガツヒノカミ。

そして――シーンのラスト。頭の中の暗が、その手に剣を強く握り直した。

だからわたしも、お腹（なか）いっぱいに大きく息を吸い――。


「――なら……すべてここで！」

「――今、わたしの手で終わらせる！」


『――はい、ありがとうございまーす』

沈黙の一拍を挟んで、トークバックの声が聞こえた。

『いいですね。少々お待ちくださーい』

「はーい！」

達成感に口元をほころばせつつ、わたしは一口お茶を飲んだ。

……うん、結構良かったんじゃない!?

一発目から、かなりハマった感じがあるんじゃない？
感情もきれいに繋がったし、舌もちゃんと回っていた。
暗の苦悩も、そこからの決意もきれいに表現できた気がする。
そしてそこに、自分らしさという一本の筋も通せた。
このあとも、戦闘中のやりとりや戦闘後の会話もあるけど……いけそうだ。
良い感じに、第一章ラストを彩ることができそう。
「……ん？」
と、そんなことを考えていて。
ガラス越しのコントロールルーム、入り口辺りがざわめいているのに気付いた。
挨拶を始めるディレクターや、スタッフさんたち。
誰か来た？　ＮＲＶの偉い人とか？
そして、わちゃわちゃするガラスの向こう。スタッフさんの合間からようやく見えた
『その人』に、
「……って、わあ！」
わたしは思わず声を上げてしまった。
「小田原さんだ！」
小田原透さん。二十六歳、超人気男性声優。

幼い頃から舞台に出演し、迫力あるお芝居で業界からの信頼も厚い実力派。

そして――今回、『精彩世界(せいさいせかい)』の男性主人公。

『黒(くろ)』くんを演じることになる、言わばわたしの『影の相棒』みたいな存在だ――。

＊＊＊

「――ねーねー、昨日言った話、考えてくれた？」

トークのコーナーの収録を終え、第一回の収録の終盤。

ドラマパートのお芝居が始まった。

「ＶＴｕｂｅｒやろうよって話。あなたが演者で、わたしがマネージャーやるの」

声優二人がパーソナリティということで、『渡る世間は推しばかり！』では毎週、二人のかけあいのお芝居コーナーが用意されている。

今回は、放送作家さんの用意した台本を。次回以降は、リスナーから送られてきた台本、シチュエーションを演じるらしい。

今日の内容は、初回だけあってストレート。

高校二年生の女の子が、一年生の後輩に「ＶＴｕｂｅｒをやってみよう！」と誘いをかける。後輩は乗り気になれず何度も断るけれど、先輩はなんとか彼女と活動したくて……という内容だ。

二人の関係性は、まさにわたしたちとそっくり。

それもそのはず、この台本は作家さんが会議室でのわたしたちのやりとりを見て、その場で一気に書いたものなんだそうだ。


「――ガワはもう発注済み。アプリも揃えたから、いつでも始められるよ！」


台本を読みながら、わたしはちらりと欄ちゃんの方を伺う。

欄ちゃんは、どんなお芝居をするんだろう。

もちろん、出演作品は事前にチェックさせてもらっている。

実力がある子なことも、どんな声質なのかも頭ではわかっている。

けど……『おやすみユニバース』でも共演する、しばらく一緒に仕事をすることになる欄ちゃん。そんな彼女との初めてのかけあいには――緊張と同時に、期待とわくわくを覚えるのだった。

そして、

「──だからー。やりませんって！」

欄ちゃんがお芝居を始める。

「──何回も断ったじゃないですか！　わたし、部活で忙しいんです！　ＶＴｕｂｅｒなんて、絶対に無理です！」

高めのトーン。甘い響き。
ルックスによく似合う声で、欄ちゃんはそう言う。
先輩に対する呆れと、その向こうにある親しみの感情。
正直、表現されている感情は微細ではない。
はっきりとわかりやすい、比較的シンプルなキャラの気持ち。
デフォルメがしっかり利いていて、アニメらしいと言ってもいいのかもしれない。
そして……それが良い。
そこには、ずっと聴いていたくなるような心地よさがある。

否応(いやおう)なしに、胸に幸せな気持ちが湧き出す。

同時に――、

「――でもでもー、もう一回考えてみてよー」

お芝居を続けながら、わたしは不思議な感覚も覚えていた。

「――あなたのその声、絶対に活(い)かすべきだよ！　すぐに人気者になれるよ！　保証する！」

「――ええ、そうですか……？」

「――うん！　だって、わたしがこんなに夢中になったんだもん！」

「――なる、ほど……」

「――ほら、こうして話してても、投げ銭したくなるくらいで……」

「――ちょ！　やめてください！　何お金出してるんですか！」

テンポよく回っていく会話。

楽しく噛(か)み合っていく、わたしたちのお芝居。

けれど……欄ちゃんのお芝居は、ときどきわたしの予想の外に飛び出す。
ふわっと上がる声のトーン。細かく挟み込まれる動揺のニュアンス。
わたしや紫苑だったら選択しなかっただろう、演技のディテール。

「――ていうか、それだけかわいければもう顔出しでよくない？」
「――もはやそれVじゃない！」

そして、それが不思議とハマっている。
欄ちゃんの声や、キャラの存在感。
それらが噛み合って、独特の魅力を生み出している――。
――何を考えているんだろう？
――何を思って、欄ちゃんはお芝居をしているんだろう？
別の価値観の存在を、はっきり感じた。
お芝居の仕方なんて、多分無限にあるんだろうと思う。
まだまだ経験の足りないわたしだけど、沢山の役者さんに出会ってきた。
そのたびに、新しい価値観を知って驚いてきた。
そして欄ちゃんも……それを持っている。

わたしの知らない、紫苑ともまた別の、彼女の目指すもの――。

その存在が、強さが――鳥肌が立つほど面白い。

＊＊＊

「――久しぶり、紫苑」

しばらく収録をしてから、挨拶に出たコントロールルームにて。

小田原さんが、そう言ってわたしに笑いかける。

「『黒』役をやらせてもらうから、長い現場になりそうだな。よろしく」

ちょうど今日、このスタジオで別作品のアフレコがあったらしい。

わたしが『暗』の初収録をしていると知り、様子を見に来てくれたそうだ。

「こちらこそ、よろしくお願いします！」

そう言って、わたしも彼に頭を下げた。

「ソシャゲでこんなボリュームやらせてもらうの、初めてなんで。色々教えてください！」

「いやいや、主人公は俺も初めてだから」

爽やかに笑い、小田原さんは首を振る。

「お互い手探りでがんばっていこう。だからすまん、どんな風に演じているのかを見てみたくて、ちょっとお邪魔させてもらった」

——小田原透。


端整なルックスと実直な性格で、同世代トップクラスの人気を誇っている。

実際、目の前で見る小田原さんは、どこか古風な和風美男子という趣きがあった。

武道でもやってそうな引き締まった身体に、爽やかな黒髪。

顔立ちもさっぱりしていて、一部の女性に大人気なのもうなずける。

けれど、この人の強みは——やっぱりお芝居だ。

物心着く前から舞台に立ち、気付けば『役者』だったという小田原さん。幼い頃にはレジェンド級の演出家の舞台に出演し、厳しい稽古を付けられていたという話は有名だ。

そのお芝居のすごさは——当然わたしも身に染みて実感している。

これまで何度もご一緒していて、そのたびに衝撃を受けてきた。

短いセリフでも、ほんの二、三言でもはっきりと立ったキャラ。

すっと伝わる感情と、その説得力。

迫力や立体感というものは、この人から学んだと言ってもいい。

わたしにとって、小田原さんは『背中を追いたい』『いつか追いつきたい』先輩の、代表格のような人だった。

「なるほど、そういうことだったんですねー」

らしいな、と思いながらわたしはうなずき、

「……どうでした？　わたしのお芝居」

ちょっと緊張しながら、彼に尋ねる。

「メインストーリー、一通りやってみましたけど。どう思いました？」

小田原さんは、お世辞を言わない。

後輩相手だろうが同期相手だろうが、先輩相手でさえ素直な感想を伝える。

前にアフレコをご一緒したとき、それが原因でピリッとした空気になったのを見たことがある。

だからこそ――意見を聞きたかった。

わたしの『第一章ラスト』。その感想を聴きたい――。

「……正直、驚いた」

しばし考えてから、小田原さんはそう言ってくれる。

「ここしばらく共演がなかった間に、伸びたのは感じてたんだ。一皮むけたというか、一歩先に進んだというか。だから、今日も楽しみにしていたんだが」

言うと、彼はふっと息を吐き、

「ここまでとはな……」

「……ほんとですか⁉」

わっと、胸にうれしさがこみ上げる。

「そんなによくなりました⁉」

「ああ。本当によくなったよ」

そんなわたしに、小田原さんは力強くうなずいた。

「素晴らしかった。キャラの理解も表現の技術も、以前に比べて段違いだ。特に表現の技術。紫苑独特の良さがきちんと出ているし、それでいて隙あらば枠から踏み出そうというチャレンジも良い。存在感が強いから、こういう芝居は板の上でも映えるだろう」

「おお、ありがとうございます……！」

実は――最近わたしのお芝居が伸びているのは、自覚があった。

というか、現実的に超がんばっているのだ。もっと強くなれるよう、良い役者になれるよう、これまで以上に練習に力を入れている。

きっかけは、良菜。

わたしの身代わりなんてめちゃくちゃな立場で、否応なしについてきてくれるあの子。

あの子をきちんと導くためにも、誰よりも良い役者じゃなきゃいけない。だからこの半年。デビューしてから初めてってって勢いで、わたしは芝居にのめり込んでいた。

「それから、キャラに対する向き合い方だ。はっきりとした存在感があるのに、丁寧さも感じる。特に、マガツヒノカミとの対峙シーン……そうだ、俺の芝居は聴けますか？」
小田原さんが、ディレクターさんの方を向く。
「先日録った、俺の黒。マガツヒノカミとの対峙シーンを聴けませんか？」
「ああ、大丈夫ですよ」
うなずいて、ディレクターさんがパソコンを操作する。
何度かトラックパッドをタップし、画面をこちらに向けると――、
『――ずいぶん、苦しい思いしてきたんだな』
――小田原さんのお芝居が流れ出した。
わたしの暗と、同じシチュエーション。ちょっとだけ調整のされたセリフで。
『――お前は悪くない、きっと誰も悪くないんだと思う』
『――悪人は、俺だけだよ。どの色にも染まらない、俺一人』
どくん、と心臓が高鳴った。

凛としたお芝居。一聴して伝わる、黒の冷静さと優しさ。

わたしの暗よりも少々ぶっきらぼうで、それでもそのお芝居が小田原さんの声とよく合っていて、

『──なら……すべてここで！』

『──今、俺の手で終わらせる！』


「……さすが、ですね」

気付けば、そう漏らしていた。

「さすが、小田原さん」

強い。シンプルにそう思う。

彼のお芝居には、一瞬で誰もが感じられる魅力がある。

迫力、明瞭さ、そのうえでかすかに香る色気。

きっと、長い舞台の経験を通じて手に入れた能力なんだろう。

それはわたしにはないもので、努力したって手に入れられそうになくて、どうしても敬意と嫉妬を覚えてしまう。

「いや、だが紫苑のキャラ把握には舌を巻いたよ」

腕を組み、けれど小田原さんは真面目な顔で言う。

「可憐さや健気さを、俺は黒に込められなかった。色々考えてした選択だったが、それができる紫苑がうらやましい。そのうえ、２０００ワードを四回で録るんだろう？　俺はその倍以上——」

「——あ、ちょちょ、ちょっと一旦ストップ！」

話のボルテージが上がってきたところで。

それまで脇で見ていた彼のマネージャーさんが、慌ててそこに割って入ってくる。

「ちょっと透、テンション上がりすぎ。これそのまま、二時間とか語り出しちゃうコースでしょ！」

「……ああ、確かに」

はたと気付いた様子で、小田原さんは頭を掻いた。

「すまない、アツくなりすぎた」

照れくさそうにほほえむ小田原さん。周囲のスタッフも小さく笑い声を上げる。

そんな彼を「やれやれ」と眺め、

「……そうだ、香家佐さん、斎藤さん、今夜お時間ありますか？」

マネージャーさんがわたしたちに尋ねてくる。

「今夜は、はい、空いてますが」

「ほんとですか!? なら、よろしければ……なんですが」

答えた斎藤さんとわたしに、マネージャーさんはにこやかな顔で、

「久しぶりにお食事など、ご一緒にいかがですか？ 小田原も、香家佐さんとお話がしたそうですし」

そんな風に、尋ねてきたのでした——。

＊

「——楽しみですね。『おやすみユニバース』」

『渡る世間は推しばかり！』の収録が終わり、ラジオニホン本社ビルを出たあと。

少しお話でも、とやってきたレストランの個室にて。

向かいの席の欄ちゃんが、うれしそうな声でそう言った。

「紫苑さんとの共演もそうですし、わたし、塔ノ沢監督のファンなので。ああいう作品、出演する機会もなかったから……」

「あーね、超楽しみだよね！」

テーブルの上のサラダを取り分けながら、わたしもうんうんうなずいた。

「わたしも原作超好きでさ、受かったのうれしかったー」

――番組収録は、最後までつつがなく進行した。

トークは一貫して噛み合いまくり、スタッフの皆さんからも大好評。

わたしも純粋にお話が楽しくて、二週分録り終えてもまだまだ欄ちゃんと話していたいくらいだった。

それに……ラジオドラマのコーナー。

やっぱりあれが、一番印象的だった。

わたしや紫苑の追求とは、別の価値があるという印象。

それがどこまでも奥深くて、予想外の反応をくれて楽しくて。共演する『おやすみユニバース』にも、今から期待が膨らんでいるのでした。

「……ただ」

ぽろっと、欄ちゃんが言葉をこぼす。

それまで通りの華やかな声色。顔には、笑みを浮かべたままで。

「ちょっと怖いなとも思っていて。がんばってはいますけど、お芝居もまだまだ修行中ですし。皆さんの中で、ちゃんと良いお仕事できるかなって」

「いやいや、大丈夫でしょう」

思わぬ言葉に、気付けば素でそう返していた。

「今日も、一緒にかけあいやっててびっくりしたもん。すごいなこの子、って。いっぱい勉強させてもらったし」

欄ちゃんのお芝居の根っこには、強い意志の存在を感じた。

わたしなんかよりもよっぽど強力な、揺るぎない何か。

今だって、欄ちゃんは徹底的に『欄干橋優花』であり続けている。

わたしたち二人とマネージャーさんたちしかいないこの席でも、欄ちゃんの眩しさは変わらない。この欄ちゃんが、そんなに不安に思うべき現場がそれほどあるとも思えない。

それに、

「もし何かあったら、フォローするから！」

わたしたちは、協力することだってできるんだ。

「困ったり悩んだりすることがあったら、一緒にわたしも考えるから！　だから、きっと大丈夫！」

紫苑なら、そう言うと思う。そしてわたしも、そうしたいと心から思う。

どこまで力になれるかわからない。

それでも、欄ちゃんが困ったときには、そっと背中を支えられればと思う。

「ありがとうございます」

そう言って、欄ちゃんは口元をほころばせた。

「とっても心強いです！　紫苑さんに、そう言ってもらえるなんて思ってなかったなあ……」

「いやいや、そりゃ言うよ！　推してるんですから！」

わたしのその言葉に――欄ちゃんは一瞬黙り込む。

そして、覚悟を決めるようにこちらを見てから、

「……正直」

どこか挑むような声で。

真正面から向き合うように、わたしにこう言った。

「わたしみたいな声優のことを、どう思ってますか？」

「……へ？」

「歌も踊りもバラエティも、全部やりたい声優を、どう思いますか？」

「……」

予想外すぎる言葉に――キャラ作りを忘れた。

反射的に、黙り込んでしまう。

けれど……今目の前にいる欄ちゃん。

まっすぐこちらを見据えて、尋ねる彼女。

……本心だ。

ふいに、はっきりとそう実感した。

今の一言は、彼女の素の言葉。

本物の気持ちを、疑問を、欄ちゃんはわたしに向けてくれている——。

「どうして、そんなこと聞くの？」

まっすぐ彼女を見返しながら、わたしは尋ねた。

「わたしは最初に知ったときからずっとファンだけど、何か引っかかるところがあるの？」

「そうですね」

欄ちゃんは、視線をテーブルに落とし、

「わたしは、今のあり方に誇りを持っています。わたしのできる全力で、ファンの人に楽しさを届ける。こんなに素敵なお仕事はないと思っています。でも最近……紫苑さん、お芝居で評価されてるじゃないですか？」

身じろぎもしないまま、そう続けた。

「実際、今日のお芝居もすごかったですし。元々とっても素敵ですけど、最近はなんていうか、奥行きが増したっていうか」

言い方を探るように、欄ちゃんは一度言葉を切り、

「キャラの深いところまで表現されるようになったように思うんです。反応も、すごく良いですし……」

「そうかな、ありがと」

反応の良さや奥行きは、以前から褒められることの多いポイントだった。

養成所でもアフレコの現場でも、そういうニュアンスを評価してもらえる。

元々の紫苑の方向性とはちょっと違うから、少し躊躇いもあるんだけど……個人的に興味があるのも、派手なものよりは微細なお芝居だった。

「で、そういう役者さんって」

顔を上げ、欄ちゃんがこちらを見る。

「その後も、そっちの道を究める感じになると思うんです。東方元香さんとか、そういう感じに」

東方さん。『コミック・ロジック・レトリック』で共演した若手女性声優さん。

確かに彼女、デビュー時は歌や踊りに、バラエティ番組への出演にとあらゆるお仕事に全力な感じだったらしい。

ただ、最近は『お芝居』が話題になることが多くなっていて。声優としてだけではなく舞台のお仕事をしていることもあって、『演技派』として認識されつつある。

「わたしは、そういうタイプじゃない」

そして、欄ちゃんはきっぱりそう言う。

「写真集とかそういうのも出してみたいし。シュガトンだって、どんどん大きくしてドームライブとかできるようになりたい。それが一番やりたいことです。でも、そういう声優って」

言うと、彼女はじっとこちらを見て、

「演技派の人からは、受け入れられないことも、あるのかなって」

「んー……」

なるほど、そういうことか……。

タイプの違う声優さんが、自分のことをどう思うのか。

特に、こだわりの強そうな『芝居重視』の声優が、マルチに活動したい声優のことをどう思うのか。

……欄ちゃんでさえ。

強い意志とプロ意識を持つ欄ちゃんでさえ、そんなことを思うのか。

意外だけど……だからこそ、なのかもしれない。

すべてに意識を巡らせられる彼女だからこそ、周囲の視線にも敏感でいる。

だとしたら、

「わたしは……めちゃくちゃ尊敬してる」

わたしは、端的にそう言う。

「色んなお仕事でファンを幸せにできるの、純粋に、本当にすごいことだと思う」

これが、シンプルなわたしの本音だった。

紫苑だって、まず間違いなくそう思うだろう。

他の人が、どう考えるかはわからない。それでも、わたし自身はただただ敬意を覚えてしまう。

「確かに、わたしは同じような活動をそんなにはしないかもしれない。歌もグラビアも好きだけど、一番好きなのはお芝居だったから」

かつて紫苑に言われたこと。一番好きなのはお芝居であること。

それは、わたしも変わらない。

彼女とわたしの、最大の共通点かもしれない。

「でも、他の人もみんなそうあるべきなんて思うわけない。むしろ色んな人がいた方が楽しいでしょ？　ファンの人たちも、好きな声優さんを見つけやすくなるし。わたしたちだって、同じ感じの人ばっかりでいるより視野が広くなるし」

真剣な顔で、話を聞いてくれている欄ちゃん。

その丸い目を見返しながら、わたしは言葉を続ける。

「何より……わたし自身、本当に感動したんだもん！　そのかわいさと一生懸命さに！　だから推してるし、会えてうれしかったんだし……」

そして――わたしは自分の素直な気持ちを。

きっと、紫苑も言うだろう言葉を彼女に伝える――、

「――『最高！』以外に言うことないでしょ！」

「……ありがとうございます」

そういう欄ちゃんの声には、もう『欄干橋優花』の彩りが、彼女の華やかさが戻ってきていた。

「そういう風に言っていただけて、本当にうれしいです――」

＊＊＊

「――実は、落ちたんだ。『おやすみユニバース』」

小田原さんたちとやってきた、和食のお店にて。

しばらくお芝居の話に花を咲かせたあと……小田原さんが、ぽつりとそう言った。

「え……そうだったんですか」

思わぬ告白に、おはしを落としそうになった。

小田原さん、参加してたんだ、あのオーディション。

しかも、落ちちゃった……。

「あの、役は？　誰を受けたんですか？」

「日向の彼氏役をな。かなり気合いを入れて臨んだし、自信もあったんだけど……ダメだった。塔ノ沢監督作品、出たかったんだがなあ」

「うわー、マジですかあ……」

日向の彼氏役。

俳優の矢盾さんが勝ち取ったポジションだ。

ていうかオーディション、あったんだ。矢盾さんがやるってことは、てっきり指名かと。直接監督からオファーしたのかなと思ってたんだけどな。

しかし、人が落ちた話はやっぱりなんかこっちも微妙な気分になっちゃうなー。

その気持ちがよくわかる分、共感しちゃって。

しかも、こっちはわたしというか、良菜が受かった立場なわけで。

小田原さんにもさっきそれは話したから、どんな声をかければいいのか……。

「だから……大したものだよ、紫苑。あの塔ノ沢監督に、見初められるなんて」

「ああ、いやいや！　運もありましたし」

「だとしても、運の大前提には実力が必要だろ？　そこが今、気になってるところでもあって……」

言うと、小田原さんは焼き魚を口に運ぶ。

そして、少年みたいな目でまっすぐわたしを見ると——、

「最近の芝居……まるで、これまでと別人みたいに感じることがある」

ぎく——と、心臓が跳ねた。

「見た目も声もそっくりな、別の人間が演じてるんじゃないか……そう思うことさえある」


「……それは、どうしてですー？」

あくまで冷静を装って、わたしは尋ね返した。

「別の人間って、そこまでわたし変わりました？」

視界の端で、斎藤さんが身じろぎしているのが見える。

動揺してる。

フォローは期待できない。ここは、わたしが上手く返さないと……。

「これまで、君の魅力はどこまでも自分を貫くことだと感じてた」

そんなわたしたちの内心を知らずか、穏やかな口調で小田原さんは続ける。

「厳しい現場でも全く初めてのジャンルの作品でも、ブレずに自分の良さを提供し続ける。そのタフさには個人的にも好感を覚えていたし、紫苑の武器はそこであり続けるんだろうと思っていた。今日も改めて、芯の強さを感じたよ」

それは、全くその通りだ。

わたしの武器は、ブレないところ。

もちろん、作品やキャラには可能な限り寄り添うけれど、それでも消えないわたしの個性。そこを貫くのが、役者としてのわたしのあり方だった。

「けれど……先日の、『コミック・ロジック・レトリック』。あのお芝居が、ずいぶん柔軟で繊細に思えたんだ。これまでの手前に来る立体感だけじゃなく、奥行きも豊かになったと」

――『コミック・ロジック・レトリック』。

まさに、わたしの代わりに良菜が出演した番組だ。

誰にもバレはしなかったけれど、小田原さんだけは、変化に気付いていた――。

「それに、『おやすみユニバース』。これもきっと、奥行きの必要になる作品だろう。リアルな皮膚感。現実的な湿度。ただ――今日のお芝居。暗を演じるときには、これまで通り華やかな演技だった。まるで……うん、武器を二つ持ったみたいだ」

腕を組み、小田原さんはわたしを見ると、

「その辺りは、やっぱり意識をして？」

率直にそう尋ねた。

「自分で考えて、そんな変化を決断したのか？」

彼らしい、直截で裏表のない問いかけだった。

「……そうですね」

胸に引っかかるものを感じながら、わたしは笑顔でうなずいた。

「もっと上手くなりたいと考えていたら、自然とそちらも意識するようになりました」

当たり障りのない一言だった。

わたしにしては普通の回答すぎて、不自然にさえ聞こえるかもしれない。

けれど、これ以上、言うことができなかった。

ここしばらく、ずっと考えていること。

わたし自身が感じている『負い目』を思えば、これが精一杯。

「そうか、やっぱりな」

そんなわたしの内心は、見抜かれることはなかったらしい。

小田原さんはうなずいて、快活に笑う。

「大したものだよ、そんな二面性のある役者に化けるなんて。これからが、一層楽しみだ」

そして、手元のお茶を飲み干すと。

「……一緒にがんばろう！」

どこか、真剣勝負でも挑むような表情で、わたしに言ったのだった。

「『精彩世界』のダブル主人公。これからも、どうぞよろしく！」

第三話
【限りなく大きな走り書きをして】

Welcome to the recording booth! 2

「――ということで、復帰以降初！」

活動を再開してひと月経った、十一月。

ちょっとお話を、と集まった事務所の会議室で。

「山田さんに――オーディション合格の連絡がありました！」

斎藤さんが、そう言いながらパチパチと拍手をしてくれる。

「ほ、本当ですか!?」

「おー、そうなんだ。おめでとー、良菜！」

立ち上がったわたしに、紫苑もそんな声をかけてくれた。

「がんばってたもんねー、ここんところ！」

「努力が報われましたね！」

「ありがとう！　ありがとうございます！」

二人にぺこぺこ頭を下げながら、わたしは最近のことを思い出す。

この一ヶ月、目が回るほど忙しい日々だった。

ラジオのお仕事と再開した養成所のレッスン。

新たに受けるテープオーディションとスタジオオーディション。

予定が立て続けに入ってきて、復帰前よりめまぐるしいほどだ。

両親には「バイトを再開した」と伝えてあった。例の声優事務所のバイトだから、遅くなっても心配しないで、と。勉強だって、受験生としての最低限くらいはこなしている。

とはいえ当然、親としては気が気がじゃないわけで。「志望校は決まったの!?」「予備校には行かないの!?」なんて問い詰められて、わたしも言い訳に苦慮している。

ちなみに……『おやすみユニバース』キャスト発表までの猶予も、残り一ヶ月。

わたしと紫苑が今後も入れ替わりを続けるのか。あるいは、それぞれ別の役者として生きていくのか、そろそろ本気で決めなきゃいけない。

だから——最近全体的に、頭も身体（からだ）もフル稼働。

ずっと全力疾走しているような、嵐の中を駆け抜けているような毎日だった。

「ちなみに……受かったのはどの作品ですか？」

そんなあれこれを一旦措（お）いておいて。

わたしはドキドキしながら斎藤さんに尋ねる。

「結構色々受けましたけど、なんて作品ですか？」

「それはですね……『小春日和（こはるびより）は春じゃない』です！」

言って、斎藤さんはパソコンの画面をこちらに向けてくれる。

そこには少し前、オーディションを受けた作品の原作カバーが表示されていて、

「青年誌で連載中の、年の差恋愛ものですね。二十七歳のバツイチのお姉さんと、十七歳の男子高校生のラブストーリー！」

「おお！　あれですか！」

もちろん覚えている。原作を読ませてもらって、わたしも好きになったやつだ！

リアルな筆致と穏やかな物語運び。かわいいキャラと、時折挟まれる小粋なジョーク。

どこか文学的な匂いもして大好物だったし、名だたる漫画賞をいくつも受賞した業界注目の一作だったはずだ。

ちなみに、わたしは二役受けていた。

ヒロインのお姉さん、冴草さんと、主人公の同級生の女の子、三ツ池ちゃん。

手応え的には、三ツ池ちゃんの方がハマった感触があった。

だから、あっちが本命かなと思っていたのだけど、

「しかもですよー……」

斎藤さんはそう言って、ノートパソコンをいじり、

「ヒロインの——冴草さん役で受かりました！」

黒髪セミロング。世をすねたような表情のメインヒロイン、冴草さんを表示させた。

「え、えええー！」

思わず、めちゃくちゃ大きな声が出た。

「さ、冴草さんですか⁉　三ツ池ちゃんじゃなく⁉」

「そうです、冴草さんです！」

「……マジですか」

ぺたんと椅子に座りながら、なんとか事実を呑み込もうとする。

「ええー、そうなんだ。だ、大丈夫かな。やれるかな……」

現在わたしは、十八歳。主人公と同世代だ。

対する冴草さんは二十七歳で、わたしの九個上。

離婚の経験さえあって、作中でも『お姉さん』として描写されていて、

「わたし、あんな大人の女性を……」

「でも、アンバランスなところが良かったんだと思いますよ」

励ますように、斎藤さんは笑う。

「冴草さん、自分としては大人なつもりだけど、内面は全然成熟してないから。そういう不安定なところに、山田さんのお芝居がハマったんじゃないかなと思います」

「そう、なんですかね……」

一度うなずいて、わたしは紫苑を。

わたしたちのやりとりを眺めていた紫苑の方を向く。

「ど、どう思う？　紫苑、自分よりずっと年上の役、やったことあったっけ？」

——すぐに、アドバイスをくれる気がしていた。

頭の回転の速い紫苑のことだ、すぐにわたしの状況を整理して、必要な情報やアドバイ

スをまとめて、こっちに提示してくれそうな気がしていた。

「……あ、ああ」

けれど紫苑(しおん)は、どこか心あらずな様子でこちらを見上げる。

「年上の、キャラだよね」

「うん。十個くらい上のお姉さん。なんかコツはあるかな？」

「んー、それなら……」

考えながら、いくつかのアイデアをくれる紫苑。

それがやっぱり的確で、さすがだなあとわたしは思う。

それでも、

「——単に声を低めにするだけじゃなくて、むしろテンポ感とかの方が——」

これまでよりもトーンの抑えられた声。陰りも感じる笑顔。

その表情に——わたしは確かに感じ取る。

紫苑は、なんだか様子がおかしい。今日だけじゃない、少し前からだ。

そして……その理由も、わたしはもちろんわかっている。

紫苑も、『決断』について思い悩んでいるんだ——。

＊＊＊

「――ただいまー」

家に着いたら、ちゃんとそう口に出す。

実家に帰ったときも、一人きりの東京の部屋に戻ったときも同じだ。

いってきますも、いただきますも、ごちそうさまもそう。

わたしは、香家佐紫苑は――そういうところ、ちゃんとできる女の子でありたい。

「ふう……」

上着を脱いで、手洗いうがい。

ソファに腰を下ろして、短く一息つく。

目に入るのは、いつものリビングの光景だ。

引っ越してくるときに家具屋さんで厳選した、お気に入りの家具たち。

壁に飾られた原作者さんたちのサインや、演じたキャラのかわいいフィギュア。

全部わたしの宝物。十七年間の人生を、全力で駆け抜けてきた証拠だ。

……本当はこのままお風呂に入って、メイクを落としちゃいたいところだけど。

早めに寝て、明日の仕事に備えたいところだけど、

「……よし」

気合いを入れ直すと、その場に立ち上がった。

今日はちょっと――やらなきゃいけないことがあるんだ。

部屋の隅、自作のアフレコブースの横に配置したパソコン前に腰掛ける。

スリープを解除してデスクトップが表示されたら、

「さーて、どこかなー……」

音声ファイルの格納フォルダをオープン。

『テープ』→『良菜(らな)』→『20XX10』の順番にフォルダを移動する。

その中に……『小春日和(こはるびより)は春じゃない』のフォルダを見つけた。

開くと、表示されるいくつかのファイルたち。

そのうちの末尾に fix とあるファイルを選んだら、音楽制作ソフトを立ち上げてそこに配置。一呼吸置いて、意識を集中してから再生ボタンを押す――、

『――子供なんだから。無力でいるのが仕事なの、あなたは』

『――はあ？　元夫？　そんなこと聞いて、どうするの……』


――流れ出す、良菜のお芝居。

数ヶ月前、この部屋であの子と相談しながら録(と)った『小春日和は春じゃない』のテープ

オーディション音源だ。このお芝居が製作側に好評で、スタジオオーディションを経て良菜は冴草さん役を手に入れた。

『──別に、大した理由じゃないよ。強いて言うなら、大人になっただけ』
『──迷惑だって言ってるの。わたしはもう、君みたいには期待してないんだよ』

少しがさついた声。
原作の冴草さん、その表情に反応して生まれたお芝居の奥行き。
諦めだとか疲れだとか物憂さだとか、そんなものの奥にかすかに残る少女性。
この音源には、今の良菜のお芝居がすべて籠もっている。
だからわたしは、
「……」
そのお芝居を、何度も何度も繰り返し聞く。
唇の震えや喉の鳴り。舌の動きや吸い込む空気の響きまで。
鳴っている音を──すべて聞き込む。
──いつもの、逆を試してみるつもりだった。

つまり、良菜（あのこ）が紫苑（わたし）を演じるんじゃなく。
紫苑（わたし）が良菜（あのこ）を演じてみるんだ。

それできっと——すべてがわかる。
わたしとあの子が選ぶべき、未来が見えるはず——。
しばらくお芝居をチェックして、技術的なところは大まかに把握できた。
パソコンの中に残っていたテープの台本を開いて、プリンタで印刷する。
それを手に立ち上がり、大きく深呼吸したら——お芝居の前の、仕上げに入る。
良菜（らな）のあり方を、頭の中でイメージする。
どんな生い立ちで、どんな性格の女の子か。
どんな価値観を持って、生活の中で何を選び、何を捨てるのか。
……うん、できた。問題なくできたと思う。
ここ半年以上、あの子とは近しい距離で付き合っていたんだ。
きっとわたしは、誰よりも良菜のことを理解できている。
だから——お芝居にとって、とても大事な最終段階。
創り上げたイメージを、自分の中に宿すステップに入る。
「……ふう」

息を吐き覚悟を決めると、「あの子」を自分の身体に取り込んだ。

他の人間が自分に置き換わる、不思議な感覚。かすかな抵抗と、同時に自分を明け渡してしまう心地よさ。

このときだけ、わたしは良菜になる。

思考と身体が結びついて、良菜という『役』になる。

これも問題なくできた。準備完了だ。上手くハマっている感覚もある——。

——いける。

台本片手に傍らのクローゼットの中、自作のブースに入った。

見慣れたマイク前。音の反響を抑えた狭い空間。

そしてわたしは、

「……んっんー」

短く咳払いしてから、目の前のマイクにお芝居を始めた——。

『——子供なんだから。無力でいるのが仕事なの、あなたは』

『——はあ？　元夫？　そんなこと聞いて、どうするの……』

口が回る。舌が踊る。

喉が狙った通りに響いてくれる。

『――別に、大した理由じゃないよ。強いて言うなら、大人になっただけ』

『――迷惑だって言ってるの。わたしはもう、君みたいには期待してないんだよ』

上手(うま)くできている感覚がある。

わたしの中の良菜(らな)と、舌や歯や唇が噛(か)み合っている。

『――違うよ。何ベタな勘違いしてるの、あはは』

『――小春日和(こはるびより)は春じゃない』

良菜が思う冴草(さえぐさ)さん。

二十七歳バツイチで、ちょっとだけ自暴自棄になっていて……それでも少しずつ、主人公に惹(ひ)かれていってしまう生身の女性。

『――だから、これからわたしたちを待っている季節は、冬だよ』

それを今——わたしは一通り演じきることができた。

「……ふう」

息をつき、ブースを出るとパソコンの前に戻る。

録音を止めるとしばらく伸びや深呼吸をして、しっかり『わたし』が『わたし』になるのを待つ。

満足感があった。

良いお芝居をできたときの、身体がふわふわする感じ。

胸に満ちる幸福感と自信。

上手にできたんじゃないの？

傍から聞いても、良菜と区別つかないくらいだったんじゃないの？

だったらいいんだけどなー。

もしそうなら。わたしたちはまだ。これまでも、これからも——。

「……よし」

でも、いつまでもぼんやりしていられない。

早めに聞き返してお風呂に入らないと。

心臓が、普段より上にあるような感覚を覚えながらマウスを手に取る。

そして、カーソルを再生ボタンに持っていき、カチリとそれを押した。

『──子供なんだから。無力でいるのが仕事なの、あなたは』
『──はあ？　元夫？　そんなこと聞いて、どうするの……』
流れ出す、紫苑(わたし)演じる良菜(あのこ)のお芝居。
『──別に、大した理由じゃないよ。強いて言うなら、大人になっただけ』
『──迷惑だって言ってるの。わたしはもう、君みたいには期待してないんだよ』
普段より抑えたトーン。
細かく込められたニュアンス。
現実的で近い距離感。
『──違うよ。何ベタな勘違いしてるの、あはは』
『──小春日和(こはるびより)は春じゃない』
『──だから、これからわたしたちを待っている季節は、冬だよ』

けれど――わかった。

よく、理解できてしまった。

「……なるほどねー」

他でもない、わたしだからこそ間違いなく判断できた。

「わたし、良菜(らな)にはなれないかあ……」

ため息交じりに、そうつぶやいた。

「あの子と同じお芝居、できないかあ……」


奥行きが足りなかった。物憂さが足りなかった。諦めが足りなかった。

技術を使いすぎていた。情報量を抑えすぎていた。表情が豊かすぎた。

これは――冴草(さえぐさ)さんじゃない。良菜の演じる彼女じゃない。

「……ふう……」

音声の再生を止め、背もたれに体重を預ける。

湯船に浸(つ)かるみたいに、ジワジワと事実が身体(からだ)に染み渡っていく。

わたしたちの間に空いた距離。二人を分かつ、大きな隔たり。

……そっか、そっか。わたしたち。わたしたち。もう、こんなに——。

なら、わたしは。きっと、わたしたちは——。

＊＊＊

「——ということで、今日はナレーション実習だよ！」

毎週恒例、養成所のレッスンの日。

いつもの受講生の面々を前に、先生は宣言するようにそう言った。

「声優にとっては、ナレは大事な仕事だね！　テレビ番組や動画とかのナレーションもあれば、企業さんから依頼を受けてビデオに声をふき込むこともある」

熱の籠もったその説明に、みんながうんうんとうなずいた。

先生の言う通り。声優さんのお仕事として、ナレーションをやらせてもらう機会は思った以上に多いみたいだった。

わたし自身、お芝居の練習は熱心にしてきたけれど、そういうスキルにはノータッチで。

だからこそ、ここで勉強しっかりしていきたい。

「もちろん、お芝居の役にも立つからね。気合い入れてやっていきましょう！」

「「「はい！」」」

弾けるような返事の声。

わたしの隣では仲の良い面々、青物くんや魚鳥さん、銭独楽くんも揃って声を上げていた。

——角筈ボイスカレッジ。紫苑の紹介で入所した養成所。

一度は休止していたそこでのレッスンにも、仕事再開と同時に再び通いはじめていた。

現実的に、わたしのお芝居はまだまだだ。『おやすみユニバース』に受かったのは運の要素が大きいし、胸を張って「プロです！」と言えるレベルには至っていない。

だから少しでも基礎を身につけられるよう、お芝居の底力をつけられるよう、ここでのレッスンには可能な限り出席するようにしている。

……ちなみに。

一ヶ月ほど練習を休止していた件については、青物くんたちから質問攻めを受けた。

「——どうしたんだよ？　体調不良とか？」

「——もう会えないのかと、わたし心配で……」

「——なんか悩みがあったら、僕らに相談していいんだからね！」

そんな彼らの勢いに、酷く申し訳ない気分になった。

こんなに心配してくれるのに、わたし……挨拶もなしに、レッスンから離れちゃって。

本当に、悪いことをしてしまった。

せめて一言、声をかけてからいなくなるべきだったなあ……。

とはいえ、戻ってきた今も本当の事情を明かすことはできない。

「ちょっと、わたしには声優無理だと思っちゃって……」

「一度お芝居から距離を置いて、色々考えてみたの……」

彼らには、そんな風に説明した。

「でも、やっぱりやってみたいと思ったから、こうして戻ってきたよ！」

「ごめんね、心配かけて！」

まあ……大事な要素が抜けたけど、それ以外は概ね事実みたいなものだ。

距離を置いて考え直して、やっぱりやりたいと思った。

これが、わたしの説明できる精一杯……。

そんなわたしの出任せにさえも、

「そっか……あるよな、そういうこと」

「今度ご飯会しようよ！　みんなでぶっちゃけて色々話そう！」

「いいね！　僕も最近ちょっと、進路で悩んでて……」

三人はそんな風に真剣に応えてくれる。

ああ、もう……わたしは良い友達を持ちました。

罪滅ぼしができない分、彼らのことは一生大事にしようと心に誓った。

『――ということで。やってみようか、山田』

養成所がレッスン会場に使っている、都内の小さなスタジオ。

その片隅にあるナレーション録りのブースで。

わたしは一人きり、マイクを前にして座っていた。

目の前にあるテーブル、そこに置かれたナレーション原稿。

周囲には手を伸ばせば届きそうな位置に壁が迫っていて、孤独と同時にちょっと圧迫感も覚える。

「はい、お願いします！」

そう返した声も、いつものブースとは違う短い反響で溶けていった。

『とりあえず、つらっと通して最後まで。途中しんどくなっても、原稿終わりまでは必ずいこう！』

「はい！」

この養成所の先生は、「ひとまずやってみろ」というレッスン方針だ。

もちろん、理屈での説明も基礎の練習もしっかりやらせてくれる。

でも、最初は何にせよ体験する。アフレコでもサンプルボイス作りでもナレーションでも、ゼロの状態からチャレンジしてみる。そこで自分に足りないものを把握するのが重要だ――そんな考えらしい。

受講生の間には、そのやり方が苦手な生徒もいるみたいだった。ヒーヒー言いながら必死についていっている人も少なくない。

それでも、わたしはそのスタンスが結構好きだから、

「――高校生1000人に聞きました！　好きな食べ物ランキング、ベストテーン！」

声のトーンを上げ、明るい女性をイメージしたバラエティ仕様で。

目の前の原稿に書かれた、架空の番組のナレーションを読み上げはじめた。

「――いつの時代も、高校生は食べ盛り！　そんなティーンズのみんなに、大好きな食べ物をインタビューしてランキングにしました！」

「――君の好きな食べ物は、何位にランクインするかな⁉」

ほどよく緩急をつけながら、テンポよく先に進んでいく。

意識が逸れると声のトーンが下がるから、そこは常に注意して。

「――ではさっそく結果発表！　まずは第十位！　……アイスクリーム！」

「――夏の定番が第十位にランクインしました――！」

……うん、楽しい！

明るいナレーションは、こっちの気分もハッピーになるね。

浮かれた気分に釣られて、自然と声も軽やかに弾む。

「――放課後みんなと食べるのも、良い思い出になるよね！　でも、太っちゃわないよう食べ過ぎにはご注意を！」

「――続いて――……第九位！」

順番に、好きな食べ物ランキングを紹介していく。

タイミングを計りながらの結果発表と、テンションを維持してのコメント。

よしよし、良い感じだ。舌も回るし噛むこともない。

このまま最後までいっちゃおう！

「――第六位！　ステーキ！」

「――ここで来ましたお肉の王様！　見てるみんなも好きだよね⁉」

けれど……そこまで言って、ふとブースの外に目をやった。

セリフに釣られて、視線が自然と台本から逸(そ)れた。

目に入るのは……冷静にわたしを見ている先生。その向こうにいる、受講者たち。

明るくしゃべるわたしのテンションと、彼らの表情の落差――。

――あっ。

と思った。

なんか、踏み外した感触。

やば、いかも。基準、見失ったかも。

「――男女問わず人気だけど、特に運動部男子からの投票が多かったみたい！」

「――ちなみにわたしは、ウェルダン大好き！　みんなの好きな焼き加減は何かな⁉」

言葉を紡ぎながら、掴(つか)まれる場所を探す。

標準の声やテンション。客観的なわたしの立ち位置。

でも……あれ？　あれ!?
見つからない……！
ブースの中には他に誰もいないし、アフレコのときみたいな映像もない！

「――第三位!!　お寿司(すし)!!」
「――ここで来ました！　和食のエースッ！」

こうなったら、自分の感覚でいくしかない！
覚悟を決めて、声を張り続ける。
でもなぜだろう……わけもなく、トーンが下がっていく錯覚にとらわれた。
テンションも、しゃべるごとに急降下していくような体感。
うそ、そんなはずないよね……!?　声も気持ちも下がっていないはず！
だけど……怖い。なんかめちゃくちゃ不安だ。
必死で喉を震わせ声を張る。虚勢とわかっていても、明るい声を貫く。
それでも――状況はどんどん悪くなって、
「――回転寿司では、みんなでワイワイ食べられるのも魅力ですよねッ!?」

言葉は明らかに上滑り。

しゃべっている自分でもはっきりとわかるほどに、空元気の声になってしまった。

必死の時間は無限に思えるほど続き――、

「――ということで、第一位は焼き肉でしたーっ！」

「――高校生好きな食べ物ランキング。いかがでしたか⁉　みんなも好きなものめいっぱい食べて、元気に毎日過ごしましょーっ！」

へとへとになりながら、わたしはようやく原稿を読み終えた。

『はい、山田お疲れー』

「……お疲れ様です」

『……ちょっと、呼吸整えようか』

「はい……」

言われて、椅子の背もたれに体重を預ける。

酸欠になりそうになりながら、大きく深呼吸する。

チカチカする視界。バクバク言っている心臓。

これは……前途多難だ。わたし、まさかナレーションがここまで苦手だなんて……。

一人でやるのが、これほど難しいなんて……。

そして、ぼんやりする意識の中で……ふいに思った。

——紫苑。

最近は、『精彩世界』の主人公役の収録をがんばっている紫苑。

確か、ソシャゲの収録も完全に一人きり。狭いブースで孤独に録る形のはず……。

しかも……2000ワード。あの子は普段のアフレコや、このナレーションよりも遥かに多い分量を、一日中一人で演じ続けている……。

——目眩がした。

できる気がしなかった。そんなこと、どれだけ今後練習をしても経験を積んでも、できるようになれる気がしない。

あの子のいる場所。彼女が三年以上かけて身につけてきた技術。

そして——二人の間にある、大きな隔たり。

今や、仲の良い友達という関係だけど。それ以上に近い距離にいるわたしたちだけど……どんなに走っても追いつけない場所に、あの子はいる。

そんな当たり前の事実を、わたしは狭いブースの中で再認識していた。

＊

「──お疲れ様ー」

「──じゃあね、また来週！」

今週のレッスンが終わる。

汗を拭き荷物をまとめて、青物くんたちとスタジオを出る。

最寄りの駅でそれぞれの路線に別れると、わたしはすぐにホームに来た電車に乗車。

空いていた席に座り、ふうと息をついた。

走り出す列車、窓の外を流れる景色。

小さく気持ちを落ち着けると、わたしは鞄からスマホを取り出し、ＬＩＮＥを起動。

紫苑との、メッセージのやりとり画面を呼び出す。

──そろそろ、話さなきゃいけないことがある。

新しい毎日が始まる中で、どんどんわたしたちの『次』が生まれていく中で、できるだけ早く決めなければいけないこと。

だから、わたしは散々文面に迷ってから、
山田良菜『お疲れ様。ちょっと直接話したいことがあるんだけど』

そう入力して、まずは送信。
同時に――既読がついた。
――もしかしたら紫苑も、わたしにメッセージを送ろうとしてた？

山田良菜『近いうちに、時間もらえないかな？』

続けてそう送ると、返事はすぐに来た。

しおん『おけ。わたしも話したいことあった』
しおん『明日空いてるから、事務所あつまろーか』
しおん『（レトロかわいいキャラのスタンプ）』
山田良菜『うん、そうしよう』

集合時間を決めて、紫苑とのやりとりを終える。
スマホを鞄に戻して、窓の外に視線を戻す。
日の暮れた東京の街には、既に灯りが点りはじめていて。

その軌跡が後ろに流れていくのを、網膜に焼き付けるようにじっと眺めていた。

＊＊＊

──翌日、午前八時。

約束した待ち合わせ場所、事務所の屋上にて。

「おはよ、紫苑（しおん）！」

「うん、おはよー」

手すりに体重を預け、朝の街を眺めていたわたしは──やってきた良菜（らな）に笑いかける。

「ごめ、ちょっと遅れた……」

「んーん、いいのいいの」

焦り顔でこちらに駆けてくる良菜。

季節は冬の入り口で。厚手の上着を羽織った彼女は、銀色の朝日に煌（きら）めいて見えた。

「不思議な感じだなー、こんな時間に良菜と会うの」

「だね。いつも顔合わせるの、お昼以降だったもんね……」

良菜もわたしの隣、手すりに手をかけ景色を眺める。

土曜日。住宅街とオフィス街の入り交じるこの街は、平日とは違う独特の落ち着きの中で回りはじめている。

犬の散歩をする近所の住人。

早くも東京見物を始めているらしい、外国の観光客の人たち。

そばのカフェでは、店員さんがキビキビと開店の準備をしていた。

「このビル、こんな場所があったんだね」

「うん。ときどき斎藤さんも、ここで休憩してるよ」

「へー、いいとこだなー」

いつも通りの、なんてことのない会話だった。

学校の休み時間にでもするような、目的もゴールもないとりとめのないお話。

涼しい風が吹いて、わたしと良菜の髪を揺らす。

天気は晴れ。薄水色の空には、所々脆そうな雲がぽつぽつと浮かんでいた。

うん、よかったなー。今日、こんな天気で。

良菜と話をするのが、こういう空気の中で。

なんとなく、二人の間に沈黙が下りる。

ごく自然な、わたしたちに必要だと感じる静けさ。

それはどこか居心地よくて、ずっとこうしていたいと思うほどだったけど、

「ねー、良菜」

「ん?」

わたしが切り出すと、良菜は前を見たまま短く返す。

だからわたしも視線を前に戻すと、ぽつりと彼女に伝えた。

「別れよーか」

「……えー」

短く間を置いて、良菜が笑う。

こちらを向き、心底楽しそうな表情で、

「何、その言い方。彼氏に言うヤツじゃん」

聴き慣れたフレーズ。良菜が繰り返し、わたしに言った言葉。

だからわたしも、声と表情を作って、

「良菜のこと、嫌いになったわけじゃないの。でも、距離を置いた方がいいかなって……」

「だからそれも、彼氏に言うヤツだよ」

あはは、と笑う良菜。

それに釣られて、わたしも笑ってしまう。

ありふれた朝の、ありふれた光景だった。

だから、その笑顔のままで、

「――入れ替わり、やめよう」

わたしは――良菜に結論を伝えた。

「――別々の声優として、生きていこう」

――出会ったあの日から、良菜はわたしについてきてくれた。

何をするにもわたしの真似（まね）をし、わたしとしてお芝居をしてくれた。

最初は、ただ面白いなと思っていた。

良菜がどんどん上達していくのを、お芝居がわたしに近づくのを楽しく見ていた。

――それに罪悪感を覚えるようになったのは、いつからだっただろう。

『コミック・ロジック・レトリック』を見たとき？

そのオーディションに受かったと、知らされたとき？

いや、きっとそうじゃない。

もっと前、良菜の芝居の透明さを目の当たりにしたとき、わたしは自分の「間違い」に気付いた。

そしてそれを、ついに正すときがきたんだ――。

「……ごめん、今まで」

自分でも、驚くくらい声がしおらしくなった。

「無理にわたしの芝居をさせて、役者としての良菜を縛ってごめん」

塔ノ沢監督の言う通りだ。そんなこと、するべきじゃなかった。

一人の役者に、わたしのやり方なんて押しつけるべきじゃなかった。

それはきっと、尊重の気持ちの足りない態度だったと思う。

役者として、決してしてはいけないこと。

「……え〰〰……」

けれど良菜は、心底驚いた顔でこっちを見ている。

「今さらそんなこと言いだすの？　しかも紫苑が……？」

「今さらになっちゃったから、反省してるんだよ」

足下に視線を落とす。

良菜とわたしのスニーカーが、仲良しの姉妹みたいに並んでいる。

「もっと良菜は、最初から自由な役者であるべきだったなって」

そうだ——良菜は一人の役者だ。

確かに、声と顔はわたしに似ていたかもしれない。

先天的に近い二人だったのは、事実だと思う。

それでも……わたしたちは別人だ。

これまでの経験も性格も考え方も、何から何まで違うんだ。

だとしたら、最初から良菜もそれを駆使して戦える方がよかった。

その機会を奪ったのは、わたしだ。

「んー……！」

必死に言葉を探すように、良菜はうなり声を上げる。

身をかがめ、目をつぶり、手すりをぎゅっと掴んでいる良菜。

そして──、

「それ……全面的に、わたしは反論したい！」

声に力を込めて、こちらを見て彼女は言う。

「大前提として、わたしがお芝居を始めたのは、紫苑が入れ替わりを必要としてくれたからだよ。あの話がなければ、絶対声優にならなかったもん。だから、そこはまず悔やんでほしくない！」

「……そっか」

確かに、良菜から見ればそうなのかも。

まあ、だからって許されるとも思えないけど。

「それに、『紫苑と同じお芝居をできるように』っていう目標も、わたしにとってすごく大事なことだったよ！　高いハードルがあるから、全力でがんばれた。もっと地道に、演劇部に入って養成所に行って預かりになって、って順番だったら、今よりずっと時間がかかっただろうし……そもそも、途中で諦めちゃってた気もする」

「そうかなあ……」

「そうなの！」

真剣な顔で、良菜は主張する。

「それに……反応だって。今わたしが得意なお芝居だって、紫苑の音をひたすら聞き込んだおかげでできるようになったんだもん。確かに、わたしは一人の役者になったって思うよ。紫苑とは別の、強さと弱さを持った役者に」

「だよね」

そうだ。そのことを、わたしは体感した。

自分が良菜に課してきた入れ替わり。それを、自分で試してみてはっきりとわかった。

わたしたちは――もう『二人』ではいられない。

わたしにはわたしの道があって、良菜には良菜の道がある。

「でも、その始まりは――」

言って――良菜はぎゅっとわたしの手を握る。

ひんやりしてすべすべで、細い良菜の指。

「――全部、紫苑だったんだよ」

声に籠もった強い気持ち。

わたしに伝えようという、良菜の意思。

「だから、謝らないで。悪いことしたなんて思わないで」

彼女の熱量が、わたしの胸にストンと落ちる。

気持ちが実体を持って感じられる。

「そこから、わたしは歩いていくことに決めたんだから。そのスタート地点を、紫苑にも大切に思ってほしい」

「……そっか」

ふう、と肺から息が漏れた。

「スタート地点を、大切に……」

そういう考え方も……ありなのかもしれない。

自分のしてしまったことを、ちょっとは肯定してもいいのかもしれない。

「……ありがと」

なんとか笑みを作って、わたしは良菜に言った。

「そう言ってもらえて、助かった」

「んーん。どういたしまして！」

言って、良菜は笑い返す。

「ていうか、そんな暗い顔しないで！　紫苑にはいつも、笑っててほしい！」

「……そっか。そうだね！」

うなずいて、わたしは背筋を伸ばした。

良菜がそう言うなら……もう、湿っぽいのはおしまい。

最近、わたしはちょっとわたしらしくなかった。ここからは——ちゃんと香家佐紫苑として。

「オーケー！　元気になった！　だから最後に、念のため確認！」

これまで通りのわたしで、前に進んでいこう！

と、わたしはもう一度良菜の方を向き、

「良菜としても、意見は同じかな。もうここからは、自分の道を歩くよね？」

「うん、そうしたいなと思ってる」

「よし。じゃあ、入れ替わりはこれでおしまいね！」

「……いざそうなると、ちょっと寂しいけどね」

「おいおい、未練たらたらかよー」

言い合って、わたしたちは笑う。

初めて——対等な声優同士として、笑い合えた瞬間だった。

「――ありがとね、良菜。これまでありがとう」

「――こっちこそありがとう。短い間だけど、あなたであれて楽しかったよ」

――その言葉で、入れ替わりが終わった。

わたしたちは――それぞれ別の役者になった。


「……さて、こうなるとー」

頭を切り替えながら、わたしは言う。

「色々考えないとな。まず、入れ替わってた事実は公表して、ちゃんとお詫びする感じにしないと」

「だよねー……」

不安げな顔で、良菜は肩を落とした。

「新しく始まってる仕事もあるし、隠し通すわけにはいかないよね……」

「燃えるのは間違いないから、やり方だけちゃんと話して詰めよう。ダメージ受けるのは避けられないだろうけど、誠心誠意全部明かして謝れば、引退まで追い込まれることはないでしょー」

いやまあ、自分で言いつつわかんないけど。

こんなの前例がないし、そこまでいく可能性もゼロではないだろうけど。

でも、そんなの心配していてもキリがない。真正面から飛び込んでいくだけだ。

「……ていうか！　紫苑！」

「ん？」

「起業の件は、どうするの⁉」

そうだった！　みたいな顔で、良菜は尋ねてくる。

今日一番焦った顔で。

「紫苑、会社作りたかったんでしょ⁉　それは、どうなっちゃうの⁉」

「……あー……」

起業の件。

そう、わたしは声優という仕事をやめ、大学を出たら会社を作りたいと思っている。

だからこそ良菜に入れ替わりを頼んだわけだし、今もその目標は変わっていない。

実は、いくつかの大学の経済学部を受験する方向で準備も進めている。

この入れ替わりを世に明かせば、間違いなくその夢にも影響があるだろう。

もしかしたら不誠実なイメージがわたしについてまわって、資金調達が厳しくなるとか、
そういうことになるかもしれない。

ただ、

「それは正直、焦ることはないと思ってる」

落ち着いて考えて、わたしはそう答えた。

「お芝居の方を立て直せれば、きっとそっちはどうにでもなるよ。だからまずは——再スタートを切ることを。わたしたちが、二人の声優として歩き出すことを考えよう」

「……そっか」

真面目な顔で、うんうんうなずいている良菜。

「そうだね、そうしよう！」

自分のことよりも、わたしのことでこんな風にうろたえる良菜。

入れ替わりをお願いしたのが、この子でよかったなと思う。

この子とクルクル回りながら過ごした日々は、きっとわたしの一生の中で、特別で大切な時間になっていく。

「ということで」

改めて、わたしはそんな良菜に向かい合った。

「まずは、斎藤さんに話すかー」

「そうだねー。忙しくなるだろうなあ……」

朝の日差しの中で、良菜はわたしに笑い返す。

「まあでも、大丈夫でしょ」

「そうかな?」

「わたしたちなら、乗り切れるでしょ」

「……そうかもね」

言い合いながら、わたしたちは歩き出す。

屋上をあとにして、斎藤さんに電話をかける。

こうして——わたしたちは再スタートを切った。

忙しくて騒がしい毎日の始まりを、強く強く予感しながら——。

＊＊＊

そこから——怒濤の毎日が始まりました。

まずは週明け、斎藤さんに口頭で二人の意思を伝え、今後の方針を相談。

「そう……決めたのね」

彼女はわたしたちの報告に、なんだか涙ぐみながらそう言ってくれた。

「まずは山田さん、お疲れ様でした。これから、もっと大変になっていくと思うけれど……一緒にがんばりましょう!」

わたしたちの入れ替わりを、最初から間近で見ていた斎藤さん。

彼女にとっても、この決断は感慨深いものだったみたいだ。

「で……ここからは、これからのお話！」

今後の方針も、みんなで悩みながらもなんとか決めることができた。

まず、わたしは新人声優としてプロダクションモモンガに所属することに。

芸名は『佐田良菜（さたらな）』。紫苑（しおん）がつけてくれた。

これでわたしと紫苑は、同じ事務所の声優仲間ということになる。

……。

……。

……マジかあ。

マジでわたし、声優デビューしちゃうんだ……。

その事実を前に、改めて足が震えそうになる。

半年ちょっと前には、予想もしていなかった展開だ。人生が激動すぎる。

まあ……これまでわたしが替え玉として出ていた作品には、今後わたし本人として出演するわけで。こうしないと『おやすみユニバース』にも『渡る世間は推しばかり！』にも『小春日和（こはるびより）は春じゃない』にも出られないわけで。当然といえば当然なんだけど。

でも、いきなり事務所所属で紫苑に芸名までもらっちゃうなんて。

すごいことですよこれは……。

それから、世間への公表を前に、入れ替わりの事実を関係各所にお詫びすることになった。オーディションを受けた作品や関わった企業。塔ノ沢監督や、既に事情を知っていた音響監督の浜野二郎さん。そして、わたしの憧れの声優さんである珠ちゃん、こと三棟珠さんにも連絡。

特に、出演させてもらった『コミック・ロジック・レトリック』を始めとして、いくつもの関係先には直接のお詫びに伺った。

……死ぬほど緊張した。

怒られる覚悟はしていたし、保障や賠償の話になる可能性もあるだろう。「今後おたくの役者は使わない」と宣言されることだって、ありえると思う。

けれど……、

「――え。ええ!?　入れ替わり!?」

「――あのときいたの、香家佐さんじゃなかったんですか!?」

「――それは……マジか……」


多くの場合、返ってきた反応は純粋な『驚き』だった。

信じられない。嘘でしょう？　そんなことできるんだ、という驚き。

どうやら、本当に誰も入れ替わりには気付いていなかったらしい。

あまりにもインパクトが強すぎて、それ以外のリアクションが出にくいようだった。

もちろん……そこから踏み込んで、お叱りをいただくこともあった。

当たり前だと思う。ご迷惑をおかけしたし、そこから色々調整や説明も必要になるだろうし、怒って当然だ。そういう人には誠心誠意お詫びをするしかない。実際わたしと紫苑と斎藤さんで、必死に繰り返し頭を下げた。

けれど、むしろそれと同じくらいに好意的な声をくれる人さえいて、

「──へー……こんな言い方あれだけど、大したもんだ」

「──本当に気付かなかったよ。すごいな……」

「──これはこれで、話題になるかもしれませんねー」


数週間かけて、ひとまずのご連絡とお詫びを終え。

結果として──許してくれた感じの関係先が六割。笑っていた関係先が二割。怒ってしまって、今後の取引が難しそうなのが二割……という感じだった。

内心、この結果にはほっとした。

もっと激怒してフライング気味に事実を公表したり、多額の賠償金を求めるところもあるかもしれないと思っていた。そういう雰囲気には、ひとまずならなかった。

もちろん、社内に持ち帰って検討するから、とまだ結果が見えないところもある。けれど、今のところそんなに温度感は高くない。なんとか乗り切れるんじゃないかと思う。

ちなみに……現在進行形のお仕事。その共演者の皆さんには、世間への公表後に直接お詫びをすることになった。

具体的には、『おやすみユニバース』『渡る世間は推しばかり！』で共演する欄干橋優花ちゃん。そして、紫苑が出演する『精彩世界』の小田原透さんなど。

事前にお伝えするところはできるだけ絞りたくて、順番を考えた結果そうなってしまった。ここはちょっと、不安の残るところ。

*

個人的に、もう一つ大きな山場だったのは——両親。

そう、わたしのお父さんとお母さんだ。

これまで隠してきた声優としての活動を、ついに親に明かしたのだ。

「——ええ、声優!?」

「──もう、出演も……!?」

「──何かしているとは、思ってたけど……」

二人とも「良菜、あやしくない？」とは思っていたらしい。

「知り合いのつてで声優事務所でバイトを始めた」とは言ってあったけれど、明らかに拘束時間がバイトのそれじゃない。わたし自身、家でもそこそこお芝居の練習をしちゃったし。

ただ、まさか声優活動をしているとは思っていなかったようで、両親も大混乱。

二人とも勢いがついてしまって、どうにも抑えられなくて、

「──進学は、どうするんだ!?」

「──ていうかそれ、何か騙されてない!?　詐欺なんじゃないの!?」

「──そうだ、プロダクションモモンガなんて聞いたことないぞ！」

「──警察に話した方がいいんじゃないの!?」

結果──ケンカになった。

紫苑や斎藤さんやプロダクションモモンガ。他にも一緒に仕事をしてきた人を疑われた気がして……わたしもカッとなってしまった。

「──いい加減にして！」

「──紫苑も斎藤さんもすごいんだから！」

「――そんな言い方、絶対にしてほしくない！」

結果……話し合いという名の親子ゲンカは深夜まで及び、最終的にわたしが『コミック・ロジック・レトリック』の動画を見せることで落ち着いた。

わたしとお母さんはボロボロ泣きながら、お父さんも目に涙を溜めながら、結果として「応援するよ……」「良菜がやりたいことなら……」と言ってもらえた。

……お互い色々言っちゃったけど。

一時は「こんな家出てく！」「おう出てけ出てけ！」なんて話にさえなったけど……本当はとっても理解のある両親です。

認めてくれてありがとう、お父さん、お母さん……。

＊

そして――最後。

入れ替わりの事実を世に明かす前日。

Ｔｗｉｔｔｅｒへのお詫び書面アップや、謝罪動画を出す前の日のこと――。

「……マジ、か」

「……香家佐紫苑さんと……？」

「……入れ、替わり……」

いつもの養成所のレッスンのあとで。

わたしは青物(あおもの)くん、魚鳥(うおとり)さん、銭独楽(ぜにごま)くんの三人をご飯に誘い――そこですべてを打ちあけた。

ひょんなことから香家佐紫苑と知り合い、代役としてアフレコに参加したこと。

そこから彼女に『入れ替わり』を提案されたこと。

角笛(つのはず)ボイスカレッジでレッスンを受けていたのは、なんとか芝居の基礎を身につける必要があったから、ということ。

そして――明日にはその事実を公表する、ということまで。

「……」

「……」

「……」

驚きの表情で、三人が黙り込む。

人が少ないのを確認して選んだ、和食のお店の個室。

店内ＢＧＭは静かで、沈黙が耳に痛くて、わたしは手をぎゅっと握った。

――不安だった。

この三人に、その事実をどう受け止められるか、怖かった。

正直……腹が立つだろうと思う。

だってこの三人は、日々不安に駆られながらも、必死に声優になろうとしているんだ。

しかも、わたしが紫苑に出会うずっと前から。

彼らからしてみれば、わたしはなんて目障りな存在だろう。

なんの実績も下積みもないのにプロの声優に気に入られ、そのうえアフレコの現場にまで参加した。

その一方で、自分たちが泥臭い努力を重ねる養成所にまで通い、入れ替わりを隠したままでレッスンを受け続けた。

……自分が同じ立場だったら、穏やかではいられないと思う。

少なからず、嫉妬や苛立ちの気持ちを覚えてしまうだろう。

……嫌われてしまうかもしれない。

この三人との間に、距離ができてしまうかもしれない……。

それを思うと……握った手の平に、じっとりと汗が滲んだ。

けれど――、

「……大丈夫……か？」

沈黙のあと――そう尋ねられた。

妙に緊張の表情をしている青物くん。

普段は冷静でつんけんしたところのある彼に。

「山田さん……大丈夫？」

「……え、な、何が？」

「いやだって、明日公表するんでしょ!?」

魚鳥さんが、切羽詰まった顔で青物くんに続く。

そして、銭独楽くんに至っては顔を蒼白にして、

「きっと……大騒ぎになるよね、そんなの公表したら……」

「……まあ、だね」

「それって、山田さん……大丈夫なのかよ？」

そこまで言われて……ようやく理解した。

心配してくれている。

三人は……わたしのことを。このあと世間の注目や厳しい声にさらされるわたしを、心配してくれているんだ……。

「もちろん……それは怖いよ」

まずは素直に、そのことを認めた。

「絶対めちゃくちゃ炎上するだろうし、怒る人も山ほどいるだろうし、それ以上に色んなネット媒体の、格好のネタになるだろうし……正直、すごく怖い」

それが、わたしの本音だった。

今も、明日のことを思うとドキドキが止まらなくなる。

どんな反響があるのか、どんな声が上がるのか。

不安で不安で仕方なくて、生きた心地がしなかった。きっと今夜は一睡もできない。

「でも、その……」

目の前の三人に、わたしは躊躇いながら、

「怒って……ないの？」

恐る恐る、そう尋ねた。

「わたし、みんなに隠しごとして……しかも、内容も内容だし。これをきっかけに、嫌われたりするかもと、思ってたんだけど……」

「……あー」

青物くんが、視線を落として低い声を出す。

魚鳥さんはお水を一口飲み、銭独楽くんは手に持っていたフォークを置いた。

「正直、心穏やかではねえな」

端的に、青物くんはそう言った。

「悔しいし、うらやましいよ、正直」

「なんでわたしに、そういうこと起きないんだろうとも思ってる」

魚鳥さんも、こちらを見ないまま続ける。

「だってさー、中学のときから必死にやってきて。人気声優と出会うチャンスなんて、一回もなかったし」

「僕は……秘密にされてたのはちょっとショックかなあ……」

銭独楽くんは、ストローの入っていた紙袋を指でいじりながら、

「いやそりゃ、言えるわけないのはわかるんだけどね。事情が色々絡んでるし、絶対秘密にするしかないけど……僕は、隠しごとはしてないから、ちょっと寂しい……」

「……だよね」

やっぱり、そうだろう。

「みんな、嫌な気分になるよね……」

そうに決まってる。

優しい彼らだって、真剣にやっていることに関わるのであれば。

自分にとって大事な『お芝居』に関わることであれば、本気で憤ることもあるだろう。

だから、そんな風に思われて当然——。

「まあでも……そんなの、俺が売れればどうとでもなるから」

青物くんは、けれどケロッとした顔で言う。

「山田さんより、香家佐紫苑より売れればどうでもよくなるだろ」

「そもそも、山田さんマジで上手かったしね」

魚鳥さんも、悔しさ半分の顔で笑った。

「才能が半端ないのは知ってるから。だったら、普通に追いつくしかないでしょ」

「ふがいない思いは、ずっとしてるしね。今回が初めてってことでもないから」

銭独楽くんはそう言って、わたしに笑いかけてくれる。

アイドル声優になりたいという彼の、百点満点の笑顔――。

「だから、すぐ追いついてやるよ」

青物くんは、短くそう言う。

いつもの彼らしい、自信に満ちた不敵な笑みで。

「あっという間に、山田さんのいるところまでいってやる。俺らのことは気にすんな」

「……ありがとう」

感謝で胸が一杯になりながら、わたしは彼らに頭を下げた。

「そう言ってもらえて、すごくうれしい。ありがとう」

「なんかあったら頼れよ」

「遠慮なく言ってね」

「まあ、そんなに力になれることもなさそうだけど」

言い合って、三人は笑う。

釣られるようにして、わたしも噴き出してしまったのでした。

＊

――翌日。

予定されていた時間、14時に、わたしたちの入れ替わりが公表された。

まず、事務所のサイトとＴｗｉｔｔｅｒアカウント、紫苑（しおん）のＴｗｉｔｔｅｒアカウントとＩｎｓｔａｇｒａｍアカウントに、社長名義でお詫びと報告が上げられた。

文面は、関係各所や事務所の弁護士と相談し、経緯を含めて詳細に記したもの。

簡潔に事実を認め、わたしの声優としてのデビューまで包み隠さず報告した。

それから、ＹｏｕＴｕｂｅの事務所公式チャンネルに、社長、斎藤（さいとう）さん、紫苑の出演するお詫びの動画がアップロードされた。

そして――日本のネットスペース。

声優周りの空間をひっくり返したような、大騒ぎが始まった――。

第四話

【スウィッチング・ブレイクダンス】

Welcome to the recording booth! 2

声優、香家佐紫苑、別人に代役を依頼していたと所属事務所が謝罪

12/XX（木）16:00 配信

『乙女チックディストーション』の山葉メイ役、『アイドリング・ピンクロック』の巣鴨かなた役などで知られる声優の香家佐紫苑（17）がＸＸ日、自身のツイッターを更新。外見や声色のよく似た一般女性Ａ氏を、自分の代役として複数作品に関わらせていたと謝罪しました。

代役女性は複数作のオーディションに参加。今年９月から放送されていた『コミック・ロジック・レトリック』では、藤本れび役として出演していたと報告。

既に各所への説明を済ませ、厳しい言葉や温かい言葉もいただいた、と伝えています。

また、代役となった一般女性に関しては「関係各社と協議を重ね、Ａ氏本人とも相談をしたうえで、Ａ氏は今後、声優『佐田良菜』として弊社に所属、活動を行っていく運びとなりました。」と報告しており、本日発表となった『おやすみユニバース』のキャストにも名前を連ねています。

コメント 1134 件

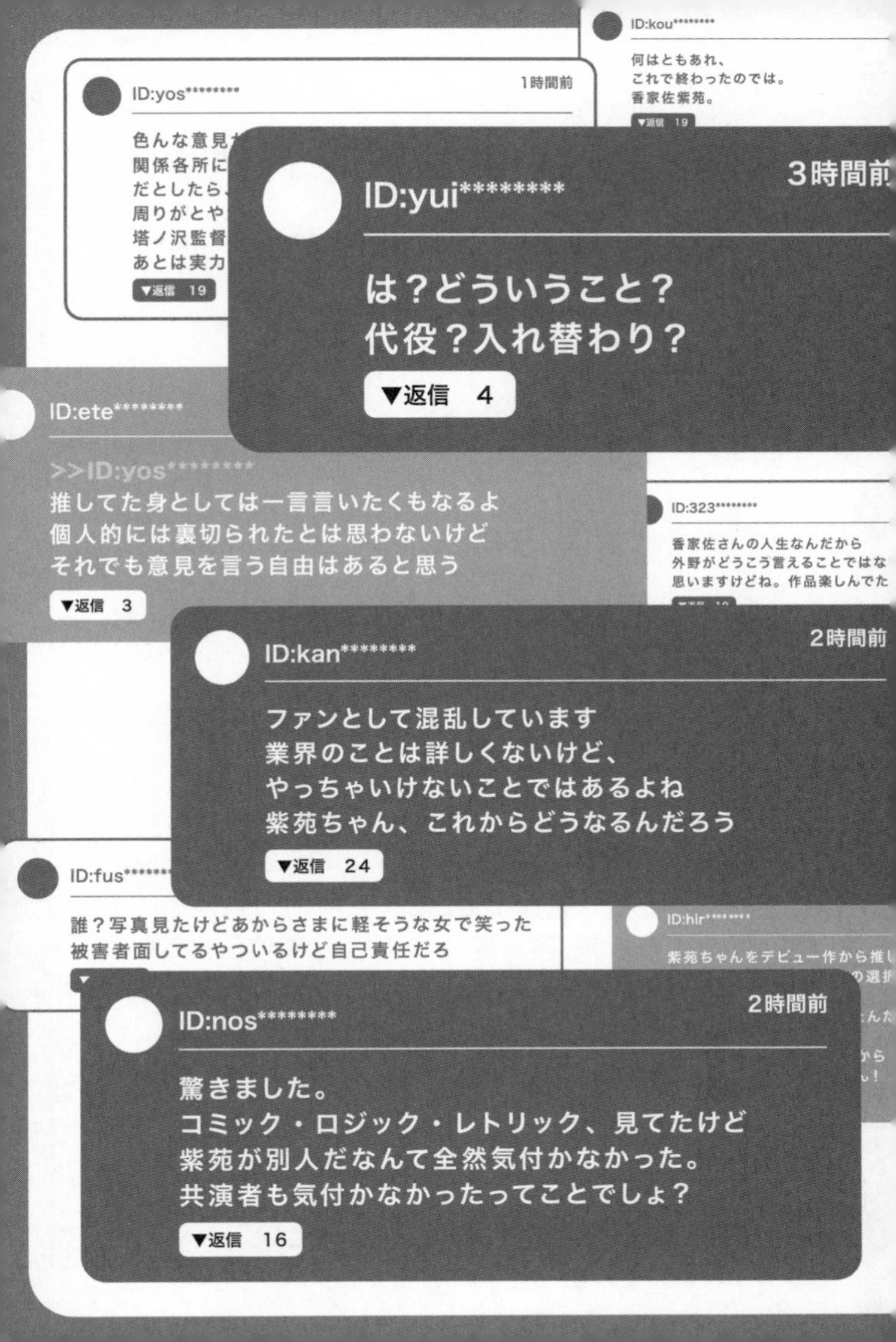
ID:kou********
何はともあれ、
これで終わったのでは。
香家佐紫苑。
▼返信 19
ID:yos********
1時間前
▼返信 19
ID:yui********
3時間前
は？どういうこと？
代役？入れ替わり？
▼返信 4
ID:ete********
>>ID:yos********
推してた身としては一言言いたくもなるよ
個人的には裏切られたとは思わないけど
それでも意見を言う自由はあると思う
▼返信 3
ID:323********
ID:kan********
2時間前
ファンとして混乱しています
業界のことは詳しくないけど、
やっちゃいけないことではあるよね
紫苑ちゃん、これからどうなるんだろう
▼返信 24
誰？写真見たけどあからさまに軽そうな女で笑った
被害者面してるやついるけど自己責任だろ
ID:nos********
2時間前
驚きました。
コミック・ロジック・レトリック、見てたけど
紫苑が別人だなんて全然気付かなかった。
共演者も気付かなかったってことでしょ？
▼返信 16

東方元香
@motoka_desuyo

この件、事前にご本人たちから謝罪いただいてました。
いやーびっくりした！一緒にかけあいやったのに
全然気付かなかったよ！
佐田良菜ちゃん、何者。。。これからに期待です！

https://news.mahoo.co.jp/pickup/XXXXXX

1766 ♥1409 返信 52

薬師遼
@ryoyakushi0927

先日事務所の皆さんと本人にお話ししてもらってました。
色んな感想があるよね。それは当然だと思う。
個人的には、あとは紫苑ちゃんと佐田良菜さんが、
どんなお芝居をするかだと思う。
見守ろう。

https://news.mahoo.co.jp/pickup/XXXXXX

3584 2849 返信 146

塔ノ沢藤次
@tohji_animation

本日、『おやすみユニバース』のキャストが公開されました。
彼女に彼女として出演して欲しいと依頼したのは僕です。
思うところがある人も、作品を見て判断して欲しい。

https://news.mahoo.co.jp/pickup/XXXXXX

176 ♥42 

本日の報道につきまして

20XX年12月XX日

平素より『コミック・ロジック・レトリック』をご愛顧いただき
ありがとうございます。
本日報道された香家佐紫苑氏、佐田良菜氏の入れ替わりに関し、
当委員会の見解、対応をご報告いたします。

こちらの件につきましては、
株式会社プロダクションモモンガおよび香家佐紫苑氏、
佐田良菜氏両名から製作委員会に対し、
事前に事情の説明および謝罪をいただいておりました。
それを踏まえ製作委員会で協議を行い、
以下のように対応させていただくこととといたしました。

1、Blu-ray、DVDのパッケージ販売は当初の予定通り行うものとする。
2、各種サイトに於ける配信は継続して行う。
3、キャスト欄に記載されていた『香家佐紫苑』のクレジットに関しては、
順次『佐田良菜』へ変更する。
4、今後のイベントへの登壇、続編への出演は『佐田良菜』氏へ依頼する。

このような対応に様々なお声をいただくことは、重々理解しております。
ただ、製作委員会内での協議や原作者様の意向も踏まえ、
佐田良菜氏の演じる藤本れびが、
今後も作品には必要であるという判断に至りました。

視聴者の皆様にはご不安、ご不快な思いをおかけすることをお詫びいたします。
また、株式会社プロダクションモモンガおよび香家佐紫苑氏、
佐田良菜氏両名にも、
今後このような行為がないよう申し入れを行いました。
今後とも、当作品をご支援、ご愛顧いただけますと幸いです。

コミック・ロジック・レトリック製作委員会

——入れ替わりの発表から、十日ほどが経った。

わたしにとっても紫苑にとっても、激動の毎日だった。

連絡のあった各社に出向き、お詫びと説明を繰り返す。その間にアフレコやオーディションもあるから、そこでも事情を話したり平身低頭謝ったり。

ＬＩＮＥには無限に連絡が来るし、テレビでもＹｏｕＴｕｂｅでもわたしたちの話題が流れまくり。

あまりの情報量の多さに全く気の休まらない、生きた心地のしない毎日だった。

さらに言えば……学校。

通っている学校での騒ぎも、大変なものだった。

わたし、山田良菜が佐田良菜であることは公には公表されていないけれど、どこからか情報が漏れたらしい。登校するなり周囲でひそひそとざわめきが起き、教室では何人もの生徒が話しかけてきた。

「——ねえねえ、今ニュースになってる声優の件……」

「——あれ、山田さんなの……?」

「——そういう噂になってるの、わたし聞いちゃって……」

以前から友達だった子もいれば、一度も話したことがない人まで。

なんなら、クラスや学年まで違う人もその中には混じっていた。

正直……怖かった。

知らない人に根掘り葉掘り聞かれるのは、酷く恐ろしかった。

さらには、とんでもないことを聞いてくる生徒までいて、

「――声優って儲かるんでしょ？　どれくらい稼いだ？」

「――香家佐紫苑ってかわいいの？　俺、全然そうは思えないんだけど」

「――有名人とＬＩＮＥ交換したりした？」

……もちろん、仕方がないことだと思う。

原因を作ったのはわたしと紫苑で、こういうのも甘んじて受け止めるべきだと思う。

今後も声優として活動することを考えれば、怒るわけにもいかない。

だから――本心を隠して、なんとか受け流すしかない。

無理に笑みを浮かべて、「それがね～」なんて返そうとしたところで、

「――はいはいストーップ！」


――突然上がった、意外な声。

不躾な質問者とわたしの間に割って入る、見覚えのある四人組――。

「山田さん、忙しくて疲れてんだからさ～」

「勝手に質問ぶっこむのやめてくださーい！」

……派手系グループの皆さんだった。

例の『技術室ちゃん』の動画を作った彼らが——わたしの前に立っていた。

「聞きたいことあったら、わたしらがマネージャーだから」

「取材はこっち通してね～」

「インタビューは一回五万からな」

彼らの軽い口調に、周囲で笑い声が上がる。

なんとなく穏便な空気感で、周りの人が方々に散っていく。

「……あ、ありがとう」

予想外の展開に驚きながら、ひとまずわたしは彼らに礼を言った。

「すごく、助かったよ。あの、怖かったから……」

「あー、いいのいいの」

「ていうか……多分、俺らきっかけだったりするだろ？」

リーダー格のパーマ男子が、申し訳なさそうにわたしを見る。

「入れ替わることになったのって、多分、俺らの動画が発端だよな……？」

彼の言う通りだった。

今年の春、彼らがクラスで録(と)った動画にわたしが見切れていて。それがバズったのをきっかけに、わたしと紫苑は知り合った。

だからすべての始まりは、この四人組だ。

「ならやっぱ……助けないと」

明るい髪色のギャル系女子が、真面目な顔でわたしに言う。

「わたしらが、山田さん守らんといかんでしょ」

その真剣な口調に——思わず笑ってしまった。

この人たちは、相変わらずだ。

ノリはわたしと全然違うし、キャラも立ち位置も、きっと趣味も違う。

深夜アニメなんて、ほとんど見たことがないんじゃないかな。

けれど、こうして自分がしたことの責任を取ろうとするところは本当に素敵で。

いい人たちだなと改めて実感して、

「……心強いよ」

わたしはありったけの感謝を込め、彼らにそう言った。

「守ってくれてうれしいです。ありがとう……」

「いいってことよー！」

「俺らの仲だろ！」

「遠慮すんなってー！」

コールみたいな口調でそう返す彼らに、わたしはもう一度笑ってしまった。

*

そんなこんなで、入れ替わりの公表から二週間が経ち。

ようやく、ネット上の騒ぎも落ち着きつつあった。

世論がどんな風に動くのかは不安だったけど、それによってはわたしも紫苑もこのまま引退、なんてこともある気がしていたけれど……なんとか、それは回避できそうな雰囲気だった。

もちろん、寄せられた意見には様々ある。

単に驚いている声、面白がっている声、激怒している人も当然いる。

声優業界やアニメ関係者、出版業界からも沢山のコメントが上がっていた。

これももちろん方向性はバラバラで、受け入れている人から本気で拒否をする人まで、一つにまとまったりはしていない。

ただ……全体の空気感として。

社会全体の雰囲気として「じゃあ、これから二人がどんな活動をするのか」に注目が集まっている気がした。

やってしまったことは、どうしたって変わらない。

そのことの是非を、今すぐ判断するのも難しい。

じゃあ――ここから香家佐紫苑が、佐田良菜がどんな活動をしていくのか。

それが問われている雰囲気――。

「やっぱ、ここからだねー」

打ち合わせの場で、紫苑も同じような感想みたいだった。

さすがに、ここしばらくの大騒ぎには体力を削られたのか。

珍しくちょっと疲れた様子で、彼女は会議室のテーブルに上半身を投げ出していた。

「友達の声優とか、みんなフォローする感じになってくれて……それで、首の皮一枚繋がった、って気分かも」

「そうだね、大事なのは今後だね」

斎藤さんも、緊張感のありありと浮かんだ顔でうなずいた。

入れ替わりの公表をきっかけに、わたしへの敬語をやめてくれた斎藤さん。

「ここから二人が良い仕事ができるか。それぞれに声優として魅力を見せて、説得力を感じてもらえるか。そこにかかってるね」

説得力を感じてもらえるか――。

だとしたら――やるしかないと思う。

これまでだって、もちろん全力だった。

慣れないお芝居というものを前に、必死で走り続けてきた。

だから、そうあり続けるしかない。

これからも、お芝居を世間に見せ続けていくしかか――。

「二人とも……このあと、大事なお仕事が入ってるから」

気合いを入れ直すように、斎藤さんは背筋を伸ばしていく。

「良菜は欄干橋さんとのラジオと『おやすみユニバース』が。紫苑は『精彩世界』があるから」

――ラジオ、『おやすみユニバース』。

――『精彩世界』。

どちらも、わたしたちの今後に大きく関わるお仕事だ。

そして――入れ替わり告白後、初めての現場が数日後に控えている。

「……がんばろうね」

椅子から立ち、わたしは紫苑に言う。

「ここからだね、紫苑。二人で一緒に、がんばろう！」

「……おう！」

紫苑も立ち上がり、正面からこちらを見ると、

「いっちょ、やったりますかー！」

彼女らしい不敵な笑みで、元気にそう言ったのでした。

＊

「──おはようございまーす！」

欄ちゃんが──ラジオニホンの会議室にやってくる。

いつも通りの華やかな声。メイクも服装もばっちりの、『１００％の欄干橋優花』。

そしてわたしは──、

「おはよう、ございます！」

──弾かれたように椅子から立ち、彼女に頭を下げた。

「佐田良菜です──よろしくお願いします！」

佐田良菜として。

香家佐紫苑ではなくわたし自身として、初めて彼女の前に立っていた。

ウィッグではなく地毛の黒髪。服装も、紫苑の好みではなく自分で選んだもの。

それが、酷く心許ない。

紫苑という鎧を脱いで、生身の自分で欄ちゃんに相対する。人気声優として、完璧に自分を創り上げている彼女の前に立つ。その心細さと、不安な気持ち。

それでも——今は彼女に、やるべきことがある。

「本当に、すみませんでした」

まずは、そう言って深く深く頭を下げた。

「前回までの収録、わたしが紫苑の振りをして出演していました。お詫びが遅くなって、本当にごめんなさい……」

顔を上げ、わたしは必死に彼女に言う。

「それでも、これからも一緒にがんばればって思っています！　欄ちゃんと、一緒にやっていければばって！」

このラジオは、紫苑の出演に切り替える、という話もあった。

わたしのお芝居で勝ち取ったお仕事ではないし、実際出演するのは紫苑でも問題ない。

むしろ、あの子に出てもらう方が色々と筋が通るかもしれないとも思う。

けれど……投げ出したくない、と思った。

ただでさえ不誠実なことをしちゃった現場なんだ。

わたしなりに、番組を盛り立てることでそのお詫びをさせてもらいたい。

それに……欄ちゃん。『おやすみユニバース』でも共演する彼女。

どうしても、直接謝罪をしたかった。きちんと謝って、許してもらいたい。

　だから自分から希望して、この番組にはわたし自身を出させてもらうことにしていた——。

「まだまだなところも一杯あるけど、全力でがんばるから！　どうか、よろしくお願いします！」


　精一杯、本心を伝えたつもりだった。

　今わたしに言えることを、まとめて言葉にしたつもり。

　けれど——そんなわたしに、欄ちゃんは、

「——ああ、そうですかー。わかりました」


　明るい笑みで。

　一分の隙もない軽やかな声で、そう答えた。

「じゃあ、今日もよろしくお願いしまーす」

　歌うようにそう言って、席に腰掛ける欄ちゃん。

　周りのスタッフと軽く会話をし、目の前の原稿を手に取ると。

「ふーん、今回はこんな感じかあ……」

　どこか機嫌よさそうな声で、そんな風につぶやく。

「おー、いいですね今回のラジオドラマ！　二股された女の子同士……」

「……」

一瞬の、間を空けて——背筋がぞくりと粟立った。

会議室全体に満ちる、不穏な空気。

欄ちゃんの目は、一度もわたしの方を向かない——。


——怒っている。


何よりも、はっきりそう感じた。

間違いない。声に出さずとも態度に出さずとも、間違いなくわたしは理解する。

欄ちゃんは——怒っている。

——激怒している。


……もちろん、そういう覚悟はしていた。

受け入れられる可能性もあれば、激怒される可能性もある。

そのことは、理解しているつもりだった。

けれど……それがいざ、こうして現実になると。

目の前で共演者に拒絶をされると――背筋が凍り付く。

喉がカラカラに渇いて、呼吸が詰まりそうになる――。

「……それでは、打ち合わせを始めさせてもらいます」

目の前の展開に打ちのめされるわたしの横で。

五輪さんが、恐る恐る、といった口調でそう切り出した。

彼もきっと、この場の張り詰める空気に気付いているんだろう。

「今回から、紫苑さんではなく佐田良菜さんとして、参加していただくということで……

いやあ、ははは。連絡いただいたときは驚きましたよ」

「で、ですよね！　ほんとすいません、めちゃくちゃなことして……」

「いやいやいや！　こちら的にはむしろ面白いというか、ちょっと話題になりそうであり
がたいくらいで……」

わたしと五輪さんの、白々しい会話が会議室に響く。

欄ちゃんは、何も言わない。

ただ薄い笑みを浮かべて、わたしたちのやりとりを聞いている。

「……で、そう！　二人の関係性というか、トークの立ち位置なんですけど……」

五輪さんが、必死の表情で会話を続ける。

「欄干橋（らんかんばし）さんを推していたのは、紫苑（しおん）さんなわけじゃないですか？　これまでは、熱心に欄干橋さんを推す紫苑さんと、それをいなす欄干橋さん、って感じでトークしてきましたけど……」

「あ、ああ、そうですね」

そうだ、そこの問題がある。

「その関係性を、今後どうしていくか。変えちゃうのか、今まで通りのままにするのか……」

「あ、あの！　わたしも！」

ちらりと欄（らん）ちゃんを見ながら、わたしは声を上げる。

「本当に欄ちゃん好きになっちゃったんです！　最初は、紫苑が推してるから勉強で見てるだけだったんですけど……曲聴いたり、現場の映像見たりしてるうちに、普通にファンになっちゃって……」

これは、わたしの素直な本心だった。

誇張しても盛ってもいない、ただの事実。

わたしは純粋に、一ファンとして欄ちゃんを推してもいる。

「だから……基本的にはそこは変わらず。けど、紫苑ほどはぐいぐいしゃべるタイプじゃないので……そこだけ、ちょっと変わる感じでどうかなと……」

それでも……この状況だと白々しく聞こえる気がした。

媚びているというかご機嫌を取ろうとしているというか、そんな風に聞こえる気が……。

「なるほどなるほど、それならいけそうですね……！」

乾いた声で、五輪さんは笑ってくれる。

「控えめに推す佐田さんと、推されつつもしっかりしてる欄干橋さん、って感じとかかな……あの……」

と、そこで五輪さんは欄ちゃんの方を向き、

「どうですか……？　そういう感じでどうでしょう？」

「ええ、いいと思いますよー」

相変わらずの百点満点の笑みで、欄ちゃんはうなずいた。

「できると思うので、それでいきましょう」

「……ありがとうございます」

完全無欠の声色に、陰りの一切見えない表情。

そのあまりの隙のなさに、とっかかりのない完璧さに――わたしは背筋がぎゅっと、硬直するのを感じる。

欄ちゃんの怒りは、想像以上に深い。

そして――わたしはそれに反応してしまう。

彼女は表面上、問題ない態度を貫いてくれているのに。他でもないわたし自身が……そこに影響を受けてしまう。

……これ、どうなっちゃうんだろう。

こんな調子で、ラジオの収録は……その先にある『おやすみユニバース』の収録は、一体どうなるんだろう……。

＊＊＊

「――色々と、お騒がせしています」

久しぶりの、『精彩世界』の収録。

メインストーリーをあらかた録り終え、イベントストーリーやキャラストを録るため、やってきたスタジオで。

偶然鉢合わせた小田原さんに――わたしはそう言い、深く頭を下げた。

「わたしと佐田良菜さんが入れ替わっていた件、本当にすみません。『精彩世界』に関してはわたしが、紫苑が出演させていただいていたので、これからもご一緒させていただくことになります」

入れ替わりの告白以降。

小田原さんと顔を合わせるのは、これが初めてだった。

事前に『NRV Inc.』には話を通したけれど、小田原さんには伝えられていない。

だから――まずはここで、彼には心からの謝罪をしないと。

「それでも……本来してはいけないことをしてしまいました。申し訳ありませんでした」

周囲のスタッフに、ピリッとした空気が走る。

収録の場で、こんなことをしてしまって申し訳ない。

けれど、この過程を経ることなく、仕事を続けることはきっとできない。

今、この場できちんと小田原さんに話さないと――。

「なるほど、そうだったのか」

あくまでフラットな声色で。

普段通りの涼やかな声で、小田原さんはうなずいた。

「暗をやっていたのはどっちだろうと気になっていたけど、紫苑だったんだな」

冷静な表情。落ち着いた声色。

そのことに少しほっとしながら、わたしは言葉を続ける。

「もしかしたら、この件で小田原さんにも質問やインタビューが来るかもしれません。ご迷惑をおかけして、本当に申し訳ないです」

「ああ、いくつかSNSで質問がきたよ」

小田原さんは、その長身で見下ろすようにこちらを見る。

「まあ、そういうのがあるのは仕方がない。この仕事についている段階で、ある程度覚悟はしている」

「そうですか……」

彼の言葉に、ふっと息をついた。

「そう言っていただけるのは、とてもありがたいです……」

小田原さんの物言いは、単刀直入だ。

思うところがあれば隠さずに相手に伝えるし、きっと今回もそうするはず。

だから、それなりの覚悟はしてきたつもりだった。

厳しいことを言われる前提で、わたしはこの場に臨んでいた。

それでも、こうして冷静に受け止めてもらえるなら、ひとまずは安心――、

「――みんな、優しいんだな」

――小田原さんが、つぶやく。

「このところ、周囲の反応を色々と見てみたよ。ずいぶんと、優しいんだなと思った。特に役者たち。皆当たり前のように擁護に回っている。これは正直、予想外だった」

はっ――と。弾かれたように顔を上げる。

長身、引き締まった身体の小田原さん。

濃紺のシャツに身を包み、流し目でわたしを見る彼――。

「だから、俺ははっきり言おう」

そう前置きし、小田原さんは眉間に皺を寄せると、

「――君には失望した」


その言葉に――心臓が、一拍大きく跳ねた。

失望。

小田原さんの目の奥。そこにははっきりとある落胆の色。

「この際……道義的なところを言うつもりはない」

小田原さんはそう続ける。

「問題があることは十分理解しているだろう。そのことは、君のこれからの行動で償っていくしかない。存分に苦労をするといい」

「……はい」

なんとか口を開き、わたしはそう返すことしかできない。

彼の言うことは正論だ。反論の余地も、そんなことをしたいと思う気持ちもない。

ただ……予感がある。

わたしは、これから小田原さんに『突かれたくないところ』を指摘される。

この入れ替わりに際して、一番のわたしの急所。

もっとも言われたくないこと、認めたくないこと——。

「落胆したのは……君の技術に関してだ」

予感が、徐々に形を帯びていく。

「俺が感銘を受けたのは、君が本来の強みとは違う芝居に挑みはじめたことだ。芯のある唯一無二の芝居から、柔軟性のある繊細な芝居もできるようになりはじめた。しかもそれが、同じ役者だとは思えないほどにそれぞれ際立っていた」

小田原さんとの食事を思い出す。

確かに彼は、そこを褒めてくれていた。

わたしはそれにちょっと抵抗を覚えつつ、それなりにうれしくも思っていた。

「まさかそれが……」

と、悔しそうに小田原さんは視線を落とし、

「本当に……他人だったとはな」

嘆くような声でそう言う。

「まさか君が……他人の手柄を、自分のものであるように装うとは……」

――他人の手柄。自分のものと装う。

これも、反論は一切できない。

純粋な事実だ。

良菜と入れ替わることで、わたしはあの子の成果を自分のものであるように見せた。

そこに、卑怯な嘘があった。

もちろん、それが目的だったわけじゃない。

そんなことをしたくて、良菜に入れ替わりをお願いしたんじゃない。

でも――結果としてそうなった。わたしは、あの子の繊細なお芝居を、反応の良さを、自分のものであるように見せてしまった。

「……すみません」

苦いものが口の中に広がる感覚。

それに耐えながら、わたしはもう一度彼に謝罪した。

「おっしゃることは、すべてその通りです」

「それに……」

と、彼は落ち着いた声で続ける。

「改めて見させてもらった。佐田良菜の出演した『コミック・ロジック・レトリック』。

別人だという前提で見直して、彼女がどんな役者なのかよくわかったよ。『おやすみユニバース』に受かったのもうなずけた。つまり——」

そして——小田原さんは。

誰よりもお芝居にひたむきな彼は——、

「——佐田良菜の方が、上手いんじゃないか？」

わたしに——香家佐紫苑にそう言った。

「君よりも——佐田良菜の方が、優れた役者なんじゃないか？」


——全身に、熱い血が巡った。

頭が猛烈な熱を帯びる。

身体中から汗が噴き出す。

わたしは——プロの役者だ。

自分のお芝居に誇りを持ち、それを提供することを生業としている。

そんなわたしに……良菜の方が上手い？

お芝居を始めて、半年とちょっとのあの子の方が？

「……」

怒りという感情の御し方は、知っているつもりだった。

そんな感情に自分を支配されちゃうなんて絶対に嫌だし、だからいつでもご機嫌でありたいと思っている。その方が、仕事の現場も上手く回る。

けれど――今回だけは、抑えられなかった。

自分の中にこみ上げる激情を、隠し通すことができなかった。

「……仕事で、お見せしますから」

声が震えるのを自覚しながら、わたしは言う。

「わたしの実力をちゃんと見せますから。そのときは、今の言葉は撤回してください」

「ああ、構わないよ」

存外あっさり、小田原さんはうなずく。

「本気でそう思えたら、撤回して謝罪するさ。ただ」

あくまで冷静な顔で。

ごく単純に疑問に思うような表情で、彼はわたしを向き、

「君も、そう思ってるんじゃないか？」

首をかしげ、そう尋ねてきた。

「紫苑も……彼女の方が強いと、内心どこかで感じているんじゃないか？」

＊＊＊

『――はーい、ありがとうございました』

ラジオの収録。通常コーナーを終え、ボイスドラマ収録パート。

一通りお芝居を終えたところで、トークバックで五輪さんが言う。

『よかった……のではないでしょうか。こちらでいただきます』

「はーい……」

「ありがとうございまーす」

明るく返事をしたけれど……絶望的だった。

内心わたしは、ここまでの収録内容に完全に落ち込んでいた。

――噛み合わない。

欄ちゃんとわたしのトークが、お芝居が――驚く程に噛み合わなかった。

いや、欄ちゃんはこれまで通りにやってくれているんだ。

明るい声と楽しいトーク。紫苑とは違う推し方をするわたしに、どこか保護者っぽい感じで接してくれる欄ちゃん。今日この場で決まった方向性とは思えないほどに、そのスタンスはハマっていた。

お芝居だって、これまで通りだ。

彼女独自の良さを発揮しながら、欄ちゃんは役を演じている。

ただ……わたしがダメだった。

わたしが徹底的に、調子を崩してしまった。

……反応してしまう。

欄ちゃんの『完璧さ』に怒りを感じて、どうしてもそれに反応してしまう。

そのせいで気持ちが不安定に揺れてしまって、トークでは言葉が出ないしお芝居にも変な色が混じる。良い仕事ができない。

「ということは、今日はここまでなので」

「はい！　お疲れ様でした」

「ありがとうございましたー！」

ブースを出て、副聴室の皆さんに挨拶しながら、わたしは必死で考える。

このラジオに関しては……ギリギリ及第点、くらいにはできていると思う。

欄ちゃんのフォローのおかげで、わたしのおどおどはそんなに不自然に聞こえていないはず。お芝居だって、キャラがたまたま『引っ込み思案』な女子だったから、乗り切ることができた。

けれど――『おやすみユニバース』。

そのアフレコは、今日から二週間後に迫っている。

このままじゃ、乗り切れない。

今の欄ちゃんとわたしの関係のまま、日向を演じることはできない。

だから――、

「……うん」

改めて、わたしは決意をした。

正面から、ぶつかっていくしかない。

わたしの気持ちをすべて、あの子にきちんと伝えるしかない――。


「――本当に、ごめんなさい」

戻ってきた、会議室にて。

帰ろうと荷物をまとめる欄ちゃんに、わたしは深く頭を下げた。

「入れ替わりのこと、その説明が遅くなったの、ごめんなさい！」

欄ちゃんのスニーカーが、足を止めたのが見えた。

こちらに向き直る彼女の二つの爪先。

――怒りを静めてほしかった。

欄ちゃんには、わたしを許してもらいたかった。

じゃないと、お芝居ができない。このままじゃ『おやすみユニバース』をめちゃくちゃにしてしまう。

だからなんとしても。何を犠牲にしても。

わたしは、欄ちゃんに受け入れてもらわないといけない――。

「謝って済むことじゃないよね。でも、ちゃんと伝えたくて……」

言って、わたしは顔を上げる。

恐る恐る目を欄ちゃんに向け、その顔を見る。

そして――そこにいる彼女の顔色に、

「……え？」

そんな声が出た。

――笑っていた。

いつもと全く変わらない明るい表情で。

欄ちゃんは――頭を下げるわたしをじっと見下ろしていた。

「……怒ってる、よね？」

一瞬、混乱しかけてそう尋ねる。

「欄ちゃん……嘘をついてたわたしに、怒って……」

もしかして……勘違いだった？

ふいに、そんな考えがよぎった。

彼女は今日、ずっと静かにほほえんでいる。一言だって、一瞬だって、はっきりとわたしに怒りを向けていない。

だったら……わたしの、気にしすぎ？

本当は、入れ替わりに関して特になんとも思ってなかったんじゃ？

けれど――、

「そんなことは、どうでもいいんです」

欄ちゃんは、ぴくりとも表情を動かさないまま言う。

「……え？」

「わたしが怒ってるとかそういうことは、まるでどうでもいい」

返す言葉に詰まった。それは一体、どういう……。

そして欄ちゃんは――、

「仕事を――ちゃんとしてください」

――突き刺すように、わたしにそう言った。

「何よりもまず、あなたはプロです。仕事を、これまで通りやりきってください」

「……ごめんなさい！」

あまりにもまっとうな指摘に、わたしは身をこわばらせた。

視線を落として小さく頭を下げる。

それでも、欄ちゃんの言葉は止まらない。

「何ですか、今日のトークは。おどおどするキャラでもいいですけど、噛み合わないのはダメです。仕事になっていません」

「……はい」

「それに何より……お芝居」

言って、欄ちゃんはふうと息を吐く。

かわいらしい声のまま、彼女はそう言った。

「話になりません」

「みんな楽しみにしてくれてるんです。リスナーは、わたしとあなたのラジオドラマに期待してくれています。ラジオやスマホのアプリを使って、わざわざ時間を割いてまでわたしたちのお芝居を聞いてくれてるんです。この忙しい時代に」

「……だよね」

思い出すのは、毎週送られてきたリスナーからのメールだ。

みんなわたしたちの放送を楽しみ、応援し、一緒に盛り立ててくれていた。

「そこには、どんな言い訳も通用しません。なのに、何なんですかあのお芝居は。リスナーに損をさせてしまう。かけてくれた期待を、裏切ってしまう。そんなこと――到底許せるはずない」

これも、欄ちゃんの言う通りだ。

リスナー……正直、これまであまり意識できていなかった。

アニメの現場でもそうだ。自分のお芝居やどう振る舞うかに精一杯で、それを楽しんでくれる人がいることを考えられていなかった。

でも、そうだ。わたしたちは、その人たちのおかげでお仕事ができている。

そういう人たちを、失望させかけてしまった。

「何よりも第一に、お仕事はきちんとやるべきです。それがわたしたちの、存在理由なんだから」

「……はい」

「そして、だからこそ」

欄ちゃんは、鞄(かばん)を肩にかけ歩き出す。

「あなたと紫苑(しおん)さんがしたことは、許せません」

「……だからこそ？」

「自分の芸名を、何だと思っているんですか」

——自分の芸名。

——だからこそ。

上手く——わたしの中で繋がってくれない。

きちんと受け手を楽しませること、役者の名前……。

ただ、お芝居のことだけを考えてここまで来てしまった。

憧れに少しでも近づきたくて、手を伸ばしてきただけだった。

そのせいか……わからない。欄ちゃんの言いたいことが。彼女が怒っている理由が、今のわたしには……。


「——許す気はありません」


そんなわたしに——欄ちゃんははっきりそう言った。

「あなたと紫苑さんを、わたしは絶対認めません」

そして、彼女は会議室をあとにする。

残されたわたしは、どうすればいいのかわからなくて。

何をどう考えればいいのかわからなくて……、

「……うう……」

スタッフさんたちが気まずそうに黙り込む中。

力なく、椅子に座り込むことしかできなかった。

＊＊＊

『――んー、少々お待ちくださいね……』

収録の始まった、イベントシーン。

とあるプレイアブルキャラが主題となった、盛り上がりのシーン。

一通り暗のセリフを演じ終えると……歯切れの悪いトークバックが聞こえた。

『すみません、ちょっと一旦相談するので……』

――繊細なお芝居が、必要になる場面だった。

キャラの辛い生い立ちが明らかになり、暗はそんな彼女に共感する。

悲しみや苛立ちや気遣いや、ほんの少しの共感。

そんな気持ちを複雑に織り交ぜながら、静かにお芝居するシーンだ。

……絶好のチャンスだと思った。

小田原さんに、わたしのお芝居を見せつけるために。

自分が——良菜よりもできるのだと知らしめるために、このシーンは最適だ。

あの子の得意な静かなお芝居。感情の揺らぎを込める場面。

ここを完璧に演じきって、彼にわたしの実力を認めさせる——。

けれど、

『——すみません、ちょっとこのシーン、全体に安定感がなかったんで』

しばらくの間のあと、トークバックでそんなセリフが返ってきた。

『もう少し暗、細やかな感じでいけないでしょうか？　まるまるになっちゃって、申し訳ないんですが……』

上手くいかなかった。

明白に——お芝居がブレてしまっていた。

シーンの収録を始めて、自分がおかしいことにはすぐに気が付いた。

思った通りに、声が出てくれない。

妙に声量が大きくなってしまう。無理にでもトーンを抑えれば酷く震えてしまう。

こんなこと初めてで、混乱したままお芝居を続けて……ダメだった。

『精彩世界』の収録を始めてから、最悪と言っていい芝居になってしまった。

——芯の強さが、魅力だって言われていたのに。

どんな状況でも、自分の強さを、良さを活かす芝居。

それがわたしの武器だったのに——今の自分は、その真逆のお芝居をしている。

「こちらこそすみません！」

それでも、落ち込んでいるような余裕はない。

ディレクターたちに笑顔を向けつつ、できる限り明るい声で言う。

「全然ダメでした！　最初からお願いします！」

『はい、ありがとうございますー』

そして始まった、二度目のこのシーン。


「——そう。あなた、には、そんな過去が」

「——ううん、わたしも思い出して。幼い、頃のこと、ダキニと、出会う前の話」


すぐに——わたしは理解する。

ダメだ。わからない。

なぜかわたし、お芝居の仕方がわからなくなっている。

役者として——ブレてしまっている。

その後も何度も録り直しをして、なんとか最低ラインのお芝居をすることができた。

一時はどうなることかと思ったけれど……ひとまず、今日の収録はギリギリ乗り越えられそうだ。

だけど……どうしよう。

これからを思い浮かべて、焦りに全身が汗ばんだ。

このあとも、自分には仕事が山ほど入っている。

アニメのアフレコもオーディションもあるし、この『精彩世界（せいさいせかい）』だって、重要なＰＶの収録が再来週に迫っている。

……今のわたしで、いけるの？

妙にブレてしまうわたしで、ここからの仕事を乗り切れるの……？

「……お疲れ様です」

短く取ることになった、休憩の時間。

「すみません、ちょっと手こずっちゃって……」

ブースを出て、コントロールルームでそう頭を下げると、

「……そんなものか」

――小田原（おだわら）さんが。

収録の合間、様子を見に来ていた小田原さんが腕を組み言う。

「あれだけ言って、見せてくれた芝居がこんなものか」

ありありとその声に浮かぶ、失望の響き。

表情も、怒りよりは落胆の色が濃い。

そんな彼を前に、一言も言い返せないわたしに——、

「——下手になったな」

——そう、小田原(おだわら)さんは言った。

「——悲しいよ。まさか君が、そんな役者になるとは」


血の気が引いた。

怒りを通り越して、寒気を覚えた。

唇が震える。汗が噴き出す。涙が出そうになる。

けれど……言い返せない。

今のわたしは、彼に返す言葉を一つも持っていない。

だから、ぎゅっと拳を握ると。わたしは逃げるようにして、足早にコントロールルームを出て行った——。

第五話
【水流のエチュード】

Welcome to the recording booth! 2

「──ああああ!!　マジでヤバい！！！」

わたし、斎藤円が叫んだのは──入れ替わりの告白から、三週間。

諸々の雑務を終えてしまおうと、やってきた事務所でのことでした。

「紫苑も良菜も、完全にスランプに陥ってる……どうすればいいのこれ!!」

──弊社所属声優、香家佐紫苑と佐田良菜。

色んな意味で最近話題の二人は、完全に役者として追い詰められてしまっていた。

良菜は欄干橋さんの怒りに反応してしまって、紫苑は自分の軸を見失って、まごうことなき絶不調。ボロボロのお芝居しかできない状態だ。

「……くそー、どうする!?」

栄養ドリンクを一気に飲み干し、口元を手の甲でぐいっと拭う。

「どうすればこのピンチを乗り切れる？　考えろ、わたし……！」

自分自身を鼓舞して、全力で考えを巡らせる。

入れ替わりの報道は、本格的に落ち着いてきたように思う。

世間の空気としては、「その後の動きで判断」みたいな方向性でまとまってくれた。

香家佐紫苑と佐田良菜。入れ替わっていた二人が、このあとどんな芝居を見せるのか、的な雰囲気。

これはマジでよかった。

心底ほっとしているし、周囲のご協力にも大感謝だ。

ようやくこれで、不安に飲んだくれる日々にもさよならできそうな気配。

なんて思っていたのに――、

「――斎藤さん、どうしましょう。欄ちゃんと、上手くお芝居できない……」

「――斎藤さん、ごめん。ちょっとわたし、お芝居見失った」

肝心の二人が、これである。

まだまだ経験の浅い良菜はもちろん、紫苑まで前代未聞の不調状態に陥っている。

『おやすみユニバース』も『精彩世界』も、どちらも外すことのできない現場だ。

前者は『佐田良菜』としての初主演作品。しかもアフレコがすぐ先に迫っている。

『精彩世界』は、紫苑としては初の主演ゲームだ。実はこちらも、重要なＰＶの収録が少し先にある。

スランプなんかに、陥ってる場合じゃない。

「でも……もしこのままだったら。抜け出せないまま、仕事を続けちゃったら……」

腕を組み、わたしはそんな未来を想像してみる。

――実力ないな、こいつら。

――なのに入れ替わりとか、もう仕事振れねーな。

確実に、そんな評価を受けるだろう。

それは二人の今後に大きな影響を及ぼすだろうし、最悪……役者として、二人の未来が閉ざされる可能性も……。

「……それはダメ。絶対に、そんな風にはさせない！」

ぐっと手を握り、もう一度パソコンと向かい合った。

「二人とも――本当に良（い）い役者なんだから！」

天賦の輝き、スター性を持った香家佐紫苑（かげさしおん）。

天賦の透明感、役者の勘を持った佐田良菜（さたらな）。

どちらも、間違いなく時代をリードし得る才能を持った逸材だ。

この才能が、妙なスキャンダルや不調をきっかけに終わってはいけない。そのために、わたし（マネージャー）という存在がいるんだと思う。

だから、なんとしてもここから持ち直さないと。

崩れそうな二人を、影から支えないと！

バチバチとキーボードを打って、思い付く限りのアイデアをまとめていく。

文章が長大になって、気付けば事務所内にいるのが自分だけになっている。

それでも、と計画を練るうち、疲れに目がかすみ出した。

腕を回すと、肩がバキバキ言った。

「うへー、肩こりヤバ……」

考えてみれば……わたし自身ももう限界だ。

入れ替わりの告白前後から、昼も夜もなく働きづめ。

もうずいぶん美容院には行けていないし、肌もボロボロだ。

最近連絡を取っていた良い感じの人。ちょっとアリかも……なんて雰囲気だった男性のLINEにも、まともに返信を返せていない。きっと、もうわたしのことなんて忘れて他の女の子のところに行っているだろう。

ああ……いい人だったのにな。誠実で、優しくて、顔も好みだったのに。

さよなら、わたしの彼氏候補……。

「……はあ～」

気付けば……キーを打つ手が重くなっていた。

全身の疲れがどっと脳に及んで、思考もかすみはじめる。

しばらくは、そんなペースダウンに必死に抗（あらが）っていたんだけど、

「ん？」

大学時代の友人から、LINEの通知があった。

見れば、どうやら、友達数人と旅行に行っているらしい。

新幹線内や雄大な自然、旅館の部屋の画像。

さらには、浴衣姿の友達たちの写真まで共有されて、

「……温泉行きた〜い……」

無意識のうちに、そうこぼしてしまっていた。

「わたしも旅行行きたいよー……飛騨とか、熱海とか……」

旅行なんて、もうどれだけ行けていないだろう。

パッと思い出すのは、前の事務所。大手にいたときに、所属声優たちと行った山間の施設だ。

あれは楽しかったなー。

レッスンの合間にみんなでプールで泳いで……夜はバーベキューして、花火なんかしちゃったりして……。あれをきっかけに、カップルになった役者どうしもいたりした。

あの頃はわたしも若かったし、今ほど追い詰められてもいなかった。

当時に戻りたいとは思わないけど、せめてあれくらいの余裕があれば。

あれくらい、心にゆとりがあれば、なんとかなりそうなものなのに……。

「……ん？」

そこまで考えて、ふと思う。

バカンス、旅行、余裕。気分転換、休養……。

考えてみれば、そういうものから遠ざかって大分経つ。

わたしもそうだし、紫苑も良菜もだ。少なくとも、入れ替わりを始めてからはそんな機会全くなかった……。

「……そうだ！」

言いながら、ガバッと身を起こした。

考えても、答えなんて出てくれそうにない。

このままうんうん唸(うな)っても、先になんて進めない。

なら——、

「よし！」

——スマホを起動して、わたしは良菜と紫苑とのグループＬＩＮＥを起動。

二人に、ちょっと話をしようともちかけたのでした。

＊＊＊

「——合宿に行こう！」

斎藤(さいとう)さんがそう言いだしたのは——事務所の会議室。

突然呼びされた、ある夕方のことでした。

「二人とも、追い詰められすぎ！　気分転換して、そのついでに色々考えたりしてみよう！　このままじゃどうにもならないし！」

「へえ……」

「合宿かあ」

斎藤さんの言う通り。近頃わたしと紫苑は、完全に追い詰められていた。

わたしの抱えている、欄ちゃんとの関係の問題。

そして紫苑が抱えているという、小田原さんとの問題。

わたしもあの子も必死で解決策を探してきたけれど、気持ちや体力を消耗するばかり。かえってしんどくなっていく一方だった。

「前の事務所にいたとき、新人を集めて研修合宿に行ったことがあるんだけどね」

そんなわたしたちの前で、斎藤さんはそんな風に熱弁してくれた。

「すごくいいところだったから、息抜きがてら行っちゃおう！　ちょうど今週末、二人ともスケジュール空いてるし！」

……合宿。確かにいいかも。

ここらで一息つかないと、さすがにキッすぎる。

気分転換をすれば、良いアイデアが出る可能性だってある。言い訳っぽいけど、本気でそう思う。

だから、

「い、いいですね！」

斎藤さんのその提案に、わたしは食いつくように答えた。

「ちょうど、旅行とか行きたいなって思ってたんです！　是非、行きましょう！」

「……ふうむ」

そんなわたしの隣で、紫苑は腕を組み考える顔をしている。

「合宿、三人で今週末、か……」

「あ、あれ……微妙だった？」

そのリアクションが意外で、わたしは彼女の顔を覗き込んだ。

「あんまりお泊まりとか、好きじゃない？　そんなことするくらいなら、練習したいとか……？」

こう見えてストイックな紫苑のことだ。

合宿なんか行ってる場合じゃない！　みたいな感じだったり……？

「そうじゃないんだけど……斎藤さん？」

不安になるわたしをよそに、紫苑は斎藤さんの方を向き、

「確認したいんだけど……」

「な、何？」

緊張気味に聞き返す斎藤さん。

そんな彼女に、紫苑はあくまで真面目な顔で――、

「――おやつは……いくらまで？」

「……は？」

「バナナとかは別でカウントするとして、お菓子はいくら分持ってっていいの？」

「え、いや……好きに持ってけばいいけど……」

「消灯時間は？　九時とか？」

「それも、好きに寝ればいいよ……」

「枕投げはＯＫ？　ＮＧ？」

「だからそれも……いや、枕投げはＮＧ。施設に迷惑かかるし……」

「そっかそっか……」

もう一度、腕を組み考える紫苑。

そして、彼女はわたしたちにニカッと笑ってみせると、

「なら――行きましょうか！　それくらい自由にやらせてくれるなら！」

「えー。何だったの今の質問」

思わず噴き出しながら、わたしは尋ねる。

「そんな、小学生の遠足みたいな……」

「えー、通ってた小学校の林間学校がさー。縛りがめちゃくちゃ厳しくって、楽しくなかったんだよ！　そうじゃないならいいかなって！」

「何だー、そんなことかー」

言い合って、三人で笑い合う。

こんな風に明るい気分になるのは、久しぶりのことな気がした。

「ということで！　そうと決まれば、善は急げだね！」

言うと、斎藤さんはぐっと拳を握り、

「すぐに施設に予約を取ろう！　あとで詳細共有するね！」

——そんな風にして。

突発的な斎藤さんの提案で、わたしたちの合宿開催が決定。

週末は、山梨の施設にお邪魔することになったのでした——。

＊

そして——やってきた合宿当日。早朝。

事務所の車に乗って、わたしたちは移動を開始した。

中央自動車道で河口湖インターチェンジへ向かい、そこからさらに三十分ほど。

山の中の自動車道を抜け、トータルで二時間ちょっとかけて……目的地。山中湖畔の施設の駐車場に到着した。

「――ここかー！」

「――おおー！」

車から降りたわたしと紫苑は、声を上げながら伸びをする。

山梨県南都留郡。

何から何まで、東京とは違っていた。

広い空。茂る冬の木々。辺りに漂う素朴な匂い。

わたしたちの頭上を、名前のわからない鳥が飛んでいく。

案外「山の中！」って感じではなく、懐かしい田舎の住宅地って雰囲気だけど、それがまた新鮮だ。

わたしはずっと東京生まれ東京育ちだし、紫苑も都心生活が長い。

そんな二人だから、こういう場所に来るだけで気分が大きく入れ替わる。

荷物を肩にかけ、少し離れたところにある合宿所へ移動した。

数分ほど歩くと、すぐにその建物が見えてきて、

「ふんふんふん、良いところだね！」

「おー、レトロで渋いなー！」

バブルの頃にでも建てられたのか。どこか80年代の雰囲気のある『公民館』みたいな建物だった。

高台から、その施設をざっと見回す。

年季の入った本館と、併設された多目的ホールやバーベキューハウス。

実際、企業や部活、スポーツクラブの合宿なんかに使われるらしい。

体育館や大浴場、テニスコートなんかも揃っているうえ、スーパーやコンビニも近くにある。歩いて数分のところには天然温泉、もう少し歩けば山中湖にも着くらしい。

これはお芝居の練習と気分転換、どっちにもおあつらえ向きだ。

ちなみに、季節は冬。完全にオフシーズンで、宿泊客はわたしたちだけらしい。

それなら、周囲の目を気にせずゆっくり過ごすことができそうだ……。

「ということで、わたしたちはここで二泊三日を過ごすんだけど」

鞄を肩にかけ直し、本館に向かいながら斎藤さんは言う。

「ここでのスケジュールは特には決めません。お芝居の稽古をしてもいいし、ぼーっとしてもいいし、遊んでもいいよ。ここしばらく、本当に張り詰めてたからね。まずは自分をいたわってあげよう」

気遣うように笑う斎藤さん。

疲れているのは、自分も同じだろうに。むしろ、色んなところから問い合わせ、ご意見、お叱りをいただいているのはこの人なのに、それを微塵(みじん)も見せず笑ってくれている。

「でも、せっかくだし二人とも、現状を打破するヒントが見つかれば……とっかかりでも手に入れられれば、ベターではあるね」

「だねー」

「見つけましょう、なんとかして！」

そんな斎藤(さいとう)さんへの感謝の気持ちを込めて、わたしはこくこくとうなずいた。

こうして——わたしと紫苑(しおん)、斎藤さん。

三人の声優合宿が、始まったのでした——。

*

【一日目】

まずは荷物を部屋に置いて、館内を探検。

大浴場や食堂。多目的ホール入り口など、どこに何があるのかを把握して、ひとしきりキャッキャとはしゃいだあと。

「湖、行ってみますかー！」

「そうだね！」

わたしと紫苑は、連れ立ってその建物を出た。

数分ほど家並みの間を歩いていると、急に視界が開ける。

そして、

「おおおー！」

「すごーい！」

広がった光景に、二人ともそんな声を上げてしまった。

目の前に横たわる、群青の山中湖（やまなかこ）。

吹く風に湖面は細かく波立ち、午前の光がチラチラと煌（きら）めいている。

そして——富士山（ふじさん）！

わたしたちの正面にどーんと姿を現した、富士山である。

「うおー、きれー！」

「すごい……絵に描いたみたい……」

浮世絵や写真で見るような、良（い）いアングルからの眺めだった。

雪で白く染まった山体と、浮かんでいる薄い雲……。

もうこれだけで、来てよかったと思える光景だった。

日々の生活に振り回されて縮こまっていたわたしの気持ちも、ずいぶんと緩んだような気がする。やっぱりきれいな景色は、見るだけで心が洗われるね……。

そのまま、紫苑と二人で湖畔を歩く。

時折すれ違う散歩中の人や、陸に揚げられ、ビニールをかけられたボートたち。

そんなあれこれを眺めながら、わたしたちはお互いが抱えた問題を確認し合った。

「わたしが……そんな欄ちゃんに反応しちゃうの」

「ふんふん」

「欄ちゃんは、きちんとお仕事してくれてるんだけど、どうしてもわたしが過剰反応しちゃって。あとね……『自分の芸名を何だと思ってる』って言われてさあ」

「へえ、芸名かあ」

「それも、いまいち理解が追いつかなくて……」

「なるほどなあ。じゃあとりあえず、怒りに反応せずお芝居をする練習をするかあ」

わたしが話したあとは、紫苑の番だ。

一通り話は聞いていたし、小田原さんに叱責されたのも知っていたけれど、

「『お前、下手になったな』って」

「うんうん。それは厳しいね……」

「『佐田良菜の方が、上手いんじゃないか』って言われてさ」

「うんうん……それも悔し……うぇぇえ⁉」

変な声が出た。

唐突にわたしの名前が出て、大声を出してしまった。

「わ、わたし……の方が上手い⁉」

「うん。それに、紫苑も本当は、そのことに気付いてるんじゃないかって」

「……いやいや、ありえないでしょ！　だって、紫苑とわたしでしょ⁉　どこをどう考えたって……紫苑の方が……」

確かに、わたしだって日々お芝居は上達していると思う。

養成所でのレッスンや現場での経験を積むことで、自分でもわかるくらいに実力は伸びている。

けど……紫苑より、わたしの方が上手い？

それは、さすがにありえない。そんなはずはない。

キャラの理解、解釈。物語の把握。発声、滑舌、肺活量や声量やそれを操る技術。

声優としてほぼすべての分野で……紫苑はわたしの遥か先にいる。

「……それ、意地悪言っただけなんじゃないの？」

少し考えて、わたしはそんな説に思い至る。

「入れ替わりの件で怒ってて、そんな風に言っちゃっただけじゃない……？」

そうだ、そうとしか思えない。

客観的に見て事実じゃないことを言ったなら、そこには別の意図があるわけで。

怒ってるからとか煽りたかったとか、そういう意地悪な理由があったんじゃないの？

「いや、小田原さんはそういうことするタイプじゃないよ」

紫苑は、けれどそう言って首を振る。

「……そうなの？」

「うん。思ったことははっきり言うけど、全部ちゃんと本心だから。それに」

と、紫苑は視線を上げ、

「正直、ちょっと図星だったんだよなー」

あっけらかんとした声で、そう言う。

「特に、繊細めなお芝居。最近、良菜に勝てないかもって思いはじめてたんだよなー」

「え、ええ……」

わたしに勝てない……？

そんな、ことないでしょ。普通に、紫苑の方がずっと上手いでしょ……。

そう思うけれど、彼女の口調に冗談を言う気配はない。

小田原さんも紫苑も、本気でそう思っている。

そうなんだ。みんな、そんな風に……。

「で、ぶっちゃけそれで動揺しちゃって。お芝居がブレたから……わたしはそこのリカバリーだね。繊細なお芝居をもうちょい追求して、気持ちを落ち着けて演じられるようにする」

「なるほど……なるほど」

未だに納得はいかないけど、まあ理解はできた。

「じゃあ、お散歩してお昼食べたら……さっそく練習に入ろっか」

「うん、そうだねー」

そんなことを言い合いながら、わたしたちはしばし山中湖の景色を堪能し。

合宿所でおいしいご飯をいただいてから、午後はまるまるお芝居の練習に没頭したのでした――。

＊

【二日目】

この日も、わたしと紫苑は朝から稽古に励んだ。

昨日話した通り、わたしは紫苑に協力してもらって『相手の怒りに反応しないお芝居』

を、紫苑は繊細な演技をレベルアップさせることで、お芝居がブレなくなることを目指した。

どちらも、ちょっとずつ上達してきた雰囲気がある。

わたしは以前よりも平静を装ってお芝居できるようになってきたし、紫苑の静かなお芝居も、味のある良いものになってきた気がする。

けれど――、

「――なーんか、微妙くない？」

お昼ご飯を食べたあと。

なぜか急に「お風呂行こう」と言われ、やってきた近所の温泉で。

湯船に肩まで浸かりながら、紫苑はそんなことを言う。

「ちょっとずつよくはなってるけど……こういうことじゃないっぽくない？」

「あー、ねー……」

紫苑の隣で湯船に浸かり、わたしもそれにうなずいた。

「なんかわたしも、そんな気はしてたかも……」

わたしたちがいるのは、合宿所から徒歩数分。

最近できたばかりだという、お洒落できれいな温泉施設だった。

日本有数の高アルカリ性温泉を売りにしているらしく、美肌にも効果があるらしい。

建物はきれいだし、休憩所やサウナもあって施設は充実しているし……何より、この浴槽！　良い匂いのする露天の檜風呂に浸かっていると、稽古の疲れもジワジワ溶けていく気がした。

二人とも、そんなリラックス状態だったからか、

「このまま練習してもさー、根本的な解決にはならないっていうか」

「それねー……」

「対症療法だよなー、やってるのって」

「その場しのぎだよね……」

素直な本音が、口からぽろぽろ零れていくのだった。

確かに、わたしは欄ちゃんの怒りに動揺しない必要がある。

紫苑だって、芝居のブレを収める必要がある。

けどそれって……こうやって解決すべきものなの？

怒ってる人とのお芝居を練習したり、自信がないところをカバーして解決すべきことなの？　なんかちょっと、ずれてる感じしない……？

「……欄ちゃん、本当は不本意な気がするんだよなあ」

もう一度、素直な印象が口からこぼれ落ちた。

「あの子、お仕事にはすごく一生懸命だから。こんな風になっちゃうの、本当は望んでない気がするんだよなあ……」

仕事をちゃんとしてください、という言葉。

あれは、間違いなくあの子の本心だったと思う。

何よりも、良い仕事をしたいと願っている。自分だけじゃなく、周囲にもそうあってほしいと願っている。

だとしたら、関係がぎくしゃくして色々噛み合わなくなった状況は、あの子の側からしても望んでないことなんじゃないか。

「目指すべきことって……」

ふうと息を吐き、お湯が波打つのを眺めながら。

隣の紫苑の火照った顔を見て、わたしはつぶやく、

「あの子が、怒らなくてもいい状況を作ることなんじゃ……」

「わたしも、なあ……」

頬に手を当て、紫苑は言う。

「今までは、芯があるのが魅力って言ってもらってたけど……それを取り戻すのって。弱いところを潰すとか、そういうのじゃ……ない気が……」

「だよねえ……」

もう一度息をつき、周囲を見回す。

空いていた合宿所と違って、この温泉にはそこそこ人が集まっている。

近所に住んでいるのだろうか、数人で連れ立ってきたらしいおばあちゃんたちや、冬キャンプにでも来たっぽい若い女の人。

そんな姿を視界の端に留めつつ、緩んだ頭で考える。

本当に、わたしたちに必要なこと。わたしたちが、するべきこと——。

「……まあでも、ちょっと考えるのも、休憩するかあ」

隣で、紫苑がだらけまくりの声で言う。

「わたしら、悩みすぎて行き詰まるタイプっぽいし……」

「そうだねえ……あ、わたし」

と、そこでわたしは湯船から立ち上がり、

「あっちの源泉ぬるま湯行きたい……」

「あ、じゃあわたしもー」

そんな風に言い合って、わたしたちは別の湯船を目指して歩き出したのでした——。

＊

【三日目】


そして──合宿最終日。

夕方には東京に帰る、その日の朝。

紫苑との二人部屋で朝ご飯に行く準備をしながら……わたしは小さく焦っていた。

結局、あのあとの温泉でもこれといったアイデアは浮かばず。

明日からはまた新たな仕事が始まるし、問題は解決しないままだ。

じゃあ……どうするのか。

もう諦めて、「怒りに反応しない演技」を追求するしかないのか……。

「……どうしようねー」

「それなー」

「今日一日で、なんとかなるかなあ……」

「焦りたくはないけどなあ」

そんなことを、紫苑とぽつぽつ話し合う。

ふと顔を上げると、窓の外には今日も雪に覆われた白い富士山が見えた。

真っ白で、お砂糖でもかかったような山体。

どうしようかなあ、と考えつつその景色を眺める。

日本一のその山は雄大で、わたしの悩みなんてこれっぽっちも見向きもしてくれなそうで、改めて自分の小ささを思い知――、

『――Ｓｕｇａｒｙ　ｔｏｎｅｓ！　全国ツアー！』

声が響いたのは、そんなタイミングだった。

『わたしたち、Ｓｕｇａｒｙ　ｔｏｎｅｓ現在全国ツアー中です！』

振り返ると――なんとなくつけておいたテレビ。
地方局の朝の番組、その合間に流れたＣＭだった。
Ｓｕｇａｒｙ　ｔｏｎｅｓ。
欄ちゃんの所属している、声優三人のユニットが映っている。
……そう言えば、そうだった。
あの子は東京での仕事をやりつつも、同時にシュガトンで全国ツアー中。
テレビからは、欄ちゃんを含むメンバーの元気な声が響いている。

『ファンの皆さんに、わたしたちから会いに行っちゃいます！』

『精一杯歌って踊るので、皆さん会いに来てくださいね！』

『みんな、待ってるよー！』


「……全国ツアー。欄ちゃんの、ライブ……」

なんだか――妙に気になった。

あの子が大事にしているユニット活動。その一つの結晶である、ライブ。

あの子の宝物、ファンの皆さんと触れあえる機会……。

画面には、これからの公演スケジュールが表示されている。

ちょうど明日、都内会場でもライブがあるらしい。

そして――、

「……これだ！」

――閃いた。

今、わたしがしたいこと。

どうしても、確認したいもの――。

「わたし……見たい！　欄ちゃんのライブを見たい！」

「お、どうした？」

声を上げるわたしに、不思議そうに紫苑（しおん）が首をかしげている。

「なんで急に、シュガトンのライブ見たくなったの？」

「えっと、考えてみればね」

頭の中で考えをまとめながら。欄（らん）ちゃんに怒られた日のことを思い出し、わたしは言う。

「わたし、欄ちゃんの美学に反しちゃったんだと思う。あの子の大事にしてるものを、踏みにじっちゃったのかなって……」

彼女の態度の裏側に、はっきりとした理由があるのは明らかだった。

感情的に怒ってるんじゃない。欄ちゃんは、欄ちゃんの論理で怒っている。

「だったらあの子の大切なものを、あの子が輝いている瞬間を見ることが、それを理解する手助けになる。わたしに必要なものが、見えるきっかけになるんじゃないかなって……」

まずは、知る必要がある。

欄ちゃんが何に怒っているのか。わたしの行動の何が、彼女の逆鱗（げきりん）に触れたのか。

それがきっと、わたしたちの突破口になる。

だから——体感したいと思った。

あの子の大切にしているもの、努力の結晶を目の当たりにしたい。

「なるほど、相手のことをちゃんと知る、か」

腕を組み、紫苑はしばし考える顔になる。

「確かにありだね。ひとまず、斎藤(さいとう)さんに聞いてみれば？　事務所経由で向こうのマネージャーさんに話せば、席取ってもらえるかも」

「ああ、そっか！」

なんとなく、普通にお客さんとして入場することを考えていたけど。

一般客としてチケットを買おうと思ってたけど、そうか。そっちのルートから入らせてもらえるかもしれないんだ。

「うん、そうだね。その方が、ちゃんと色々知ることができそうだしね」

意を決すると、わたしはソファから立ち上がる。

「さっそく、相談してくるね！」

「あーうん、じゃあわたしも行く」

紫苑も、うなずいてそれに続いた。

そして、なんだか考える顔であごに手を当て、

「……わたしも、そうしてみようかな」

つぶやくようにそう言った。

「小田原(おだわら)さんのこと、もっと研究してみるのもいいかも」

「……だね！」

うなずくと——なんだか胸に、熱いものが宿った気がした。

久々の感覚だ。はっきりと、何かを掴んだ感触。

先の見えなかった問題に、道しるべが見つかった手応え……。

「……やってみよう、紫苑」

わたしは、隣の彼女に。極彩色の眩しい女の子に語りかける。

「わたしたちが、わたしたちでいられるように。これからも、そうあり続けられるように。やれることは全部試そう」

「……うん」

紫苑もそれに、力強くうなずいた。

「行こう、良菜」

そしてわたしたちは——部屋を出て、次の一歩を踏み出した。

*

——翌日、戻ってきた東京。Ｓｕｇａｒｙ　ｔｏｎｅｓのライブ当日。

会場は——池袋にあるライブハウスだった。

数百人のお客さんが入る、中規模の施設。

ここでツアーのちょうど中間、東京公演が行われるらしい。

客席は既に開場していて、お客さんたちが順番にフロアになだれ込んでいく。

わたしたちは――その二階席。

関係者席に通してもらい、様子をじっと窺っていた。

「すごい……ステージがよく見える。あの、ありがとうございます！」

教えてもらった番号の席で、隣の斎藤さんに改めてお礼を言う。

「向こうの事務所さんに連絡取ってくださって。おかげで、こんないい場所から……」

「いやいや、当然だよ」

言って、斎藤さんは笑う。

「大事なうちの役者のためだから、それくらいするって。それに……今良菜を、このフロアには放り込めないから」

そう言うと、斎藤さんは苦笑いし、

「よくも悪くも話題の声優を、声優ファンの中に投げ込んだりはできないからね」

「あはは、確かに」

想像して、わたしも笑ってしまう。

間違いなく、変な感じで騒ぎになっちゃうだろう。

世間を騒がせた声優入れ替わり。その当事者のA氏ことわたしが現れるんだから。

しかも、わたしが困るだけじゃなく欄ちゃんたちや、スタッフさんにも迷惑がかかっちやう。それはなんとしても避けなきゃいけない。

「と、まだ開演には時間があるから」

時計を確認して、斎藤さんは言う。

「楽屋、見に行ってみる？」

「……あ、ああ、楽屋！」

思わぬ提案に、一瞬ぽかんとしてしまってから、

「行きたいです！」

わたしは、手をぎゅっと握りそう答えた。

「見たいです！　こういう現場の裏側が、どうなってるのか。……機会があれば、欄ちゃんに挨拶もしたいし」

今日わたしたちは、欄ちゃんの知り合いとしてここにいるわけで。ゲストパスをもらっているから、楽屋に行っちゃうことまでできてしまう。

そっか、そんなこともできるんだ……。

もちろん、温かく歓迎してもらえるとは限らないだろう。

今のあの子との関係を考えれば、冷たい反応をされても文句は言えない。

けどわたしは……ライブに向かう、欄ちゃんの姿を見たかった。

大切な活動を目の前にした、彼女のあり方を見てみたい。

「じゃあ、行きましょうか」

「はい！」

うなずき合って、わたしたちは席を離れると関係者通路へ向かった。


――ライブハウスの舞台裏。

楽屋や通路や舞台袖は――本番前のそわそわ感に満ちていた。

辺りを行き交う事務所のスタッフさん、会場の係員らしき方。

コンパクトな空間に人がごった返していて、なんとなく文化祭当日の校舎を思い出す。

シュガトンの三人は、楽屋にいるらしい。

人波をすり抜けて、通路奥のその部屋に向かう。

……ていうか、やっぱりわたし場違いじゃない？　ここにいて大丈夫かな？

挨拶とかは、もしかしたら難しいかも……。

そんなことを考えながら、おどおどと到着した楽屋前。

扉は開け放たれていて、中の様子を窺(うかが)うと――。

――いた。

八畳くらいの、雑然とした部屋。

既に衣装を着てメイクも完璧、いつでもステージに上がれる状態の欄ちゃんが——椅子に座り、何か資料を確認している。

「……」

反射的に、言葉を失った。

匂い立つほどの。部屋の外に立っていてもわかるほどの、集中の気配。

いつもの明るく楽しくかわいい欄ちゃん、じゃない。

その身に張り詰めた緊張感。妥協のない視線に宿る、鋭い光。

そこにいるのは仕事を直前にした——一人のトッププロだった。

——肌で理解する。

既に、彼女のステージは始まっていることを。

欄ちゃんは、舞台上で歌うための助走を始めていることを。

だからわたしにできるのは、こうして距離を置いてその姿を見守るだけ——。

——立ち尽くすうちに、開演の時間が迫る。

各々準備をしていたシュガトンの二人が、欄ちゃんの下に集まる。

「そろそろだよ！」

「優花。袖、行こう！」

「……うん」

うなずくと、欄ちゃんたちは移動を開始。

わたしたちも、その後を静かについていった。

そして、到着した舞台袖。目と鼻の先にステージがある、その場所で。

沢山の機材の光が煌(きら)めく中、欄ちゃんは――、

「……よーし、ツアーのちょうど折り返し、大事な東京(とうきょう)公演だよ！」

――メンバーと円陣を組み、そんな話を始めた。

彼女は他の二人にゆっくり目をやると、

「うん……うん！　完璧！　二人とも、最高にかわいい！」

「当然！」

「やったねー」

「わたしは？　お客さんの前に立つのに、ふさわしいわたしになれてる？」

「「もちろん！」」

「よし……！」

うなずき合う三人。

そして彼女たちは、欄ちゃんのかけ声で気合いを入れ、

「Ｓｕｇａｒｙ(シュガリー)　ｔｏｎｅｓ(トーンズ)！　この会場にいる全員を――幸せにするぞ！」

「「おおー！」」

スタッフさんたちに背中を叩かれ、舞台へ上がって行ったのだった。


——ステージは、とてつもなくきらびやかだった。

目が眩みそうにかわいくて、泣き出しそうなほどに真剣なものだった。

欄ちゃんたちが全身全霊かけて紡ぐ歌声、踊り。

それに応える、ファンの人たちの熱量。

関係者席に立つわたしは、我を忘れて三人の姿に、目を輝かせるファンの人たちに見とれていた——。

そして、

「……良菜！　良菜！」

斎藤さんに名前を呼ばれて——我に返った。

「あ、は、はい！　すいません！」

気付けばアンコールも終わり、終演後だ。

客席には灯りが点り、ファンの皆さんが会場からの退出を始めている。

「ごめんなさい、わたしぼーっとしていて……」

——完全に、心奪われていた。

蘭(らん)ちゃんたち、Ｓｕｇａｒｙ(シュガリー)　ｔｏｎｅｓ(トーンズ)の生み出す世界に魅了されてしまっていた。

アイドルを好きになったことはある。ライブを見に行ったこともある。

それでも……こんなに感動してしまうのは。涙が零(こぼ)れそうになるのは、初めてのことだった。

「今度こそ、挨拶に行こう」

そんなわたしに笑いかけ、斎藤(さいとう)さんは言う。

「さっき、声かけられなかったからね。終演後なら、ちょっと時間ありそうだし」

「……そう、ですね」

ちょっとドキドキする自分に気付きながら。蘭ちゃんに会うことに緊張しているのを自覚しながら、わたしは斎藤さんにうなずいた。


――お客さんの声を、聞いていた。

向かった楽屋。開演前と同じ椅子に腰掛け。

蘭ちゃんは――スマホを手にＳＮＳでお客さんの感想をチェックしていた。

「相変わらず、ストイックだねー」

シュガトンのメンバーの一人が、わたしと全く同じ感想を口にする。

「終演後くらいは、休憩すればいいのにー」

「衣装は着替えてからでもいいんじゃない？」

「……ああ、そうだね。それでもいいんだけど」

一度顔を上げ、笑う欄ちゃん。

「でも、お客さんの声だから。わたしたちを信頼してくれてる人たちの感想だから」

そう言って、彼女は真剣な顔でスマホに目を戻すと、

「できるだけ、リアルタイムで聞いておきたい」

「……そっか」

「じゃあ、わたしも見る！」

「え、じゃあ、わたしも！」

他のメンバー二人も、欄ちゃんのスマホを覗き込んだ。

三人でつぶやきを確認し、時折意見の交換をする。

そんな彼女たちに向けられる、周囲のスタッフの、関係者たちの頼もしそうな視線——。

——背筋に、何か走るものを感じた。

思い出すのは、ラジオニホンで欄ちゃんに言われた言葉だ。

「——みんな……楽しみにしてくれてるんです」

「――ラジオやスマホのアプリを使って、わざわざ時間を割いてまでわたしたちのお芝居を聞いてくれてるんです」

「――この忙しい時代に」


ファンが向けてくれる感情、期待。

実際に費やしてくれている、時間やお金や労力。

それに、絶対に応える、という欄ちゃんの意思。

それが今――わたしの胸に、腑に、ふっと落ちる感覚がある。

そうか……欄ちゃんが大事にしたいのは。一番に、応えたいと思っているのは……。

そんなタイミングで、

「……」

欄ちゃんが――ふいに顔を上げた。

その視線がわたしを向き、彼女は息をつくと、

「……お疲れ様です。来てたんですか」

うれしくもなさそうな顔で、そう言った。

「うん。お疲れ様……」

そう言って、わたしは深く頭を下げた。

シュガトンのメンバー二人も、わたしを見る。

そして、何かに気付いたような顔で、静かに目を逸らした。

「……ありがとう」

二人だけで話す雰囲気になり。

まずわたしは、彼女にそう伝える。

「すごいステージを見せてくれて、ありがとう。とても感動しました」

「どういたしまして。でも、わたしたちだけで作ったものじゃないですから。スタッフや、お客さんと一緒に創り上げたものです」

「だよね。それを、すごく実感したよ」

ステージを思い出し、わたしはうなずいた。

欄ちゃんが、みんなと作り出したもの。彼女が本当に大切にしていること。

「わかった気がした」

だから、わたしは欄ちゃんに言う。

「欄ちゃんが譲れないこと。わたしに怒った理由」

「……そうですか」

「だから……次に一緒にお芝居するのが、すごく楽しみ。『おやすみユニバース』で共演するのが」

「……ふうん」
気のない風にそう答える、欄ちゃん。
そうだ……わたしは確かに、踏みにじっていた。
欄ちゃんが大切にしていること、彼女に取ってかけがえのないもの。
……本音を言おう。
それでも——わたしは欄ちゃんと同じようになろうとは思えない。
わたしは身勝手で傲慢だ。
わたしは、わたしのためにしかお芝居ができない。
わたしの願うことを追求して、わたしが幸福になることしか目標にできない。
そんな、自分本位の人間だ。
けれど……尊重したいと、心から思う。
欄ちゃんのあり方を、彼女の願いを、とても美しいと思う。
「……わたしだって」
さっきよりも小さな声で。
もう一度ディスプレイに目を落とし、欄ちゃんが言う。
「楽しみにしてたんだから」
……これも、きっとこの子の本音だ。

欄ちゃんは、わたしに——紫苑に期待をしていた。
一緒に良い仕事をしたいと思っていた。そしてその願いが、叶わないと落胆した。
それでも、欄ちゃんはスマホに目を落としたままで。
何でもないような声色で、わたしにこう言ったのだった——。

「……もうこれ以上は、がっかりさせないでください」

＊＊＊

わたしは——自分のことが好きだった。
わたし自身のことが大好きだった。
野島紫苑という名前も、我ながら整っている顔も。
すらっとしたスタイルも、頭の回転の速さも。
そして、何でも人並み以上にできる器用さも、わたしの誇りだった。
何回生まれ変われるんだとしても、わたしに生まれたい。
野島家の長女、紫苑として生まれて、今と同じ人生を歩みたい。
そんな風に、思っていた——。

「あー、こんなだったなあ」

千葉県流山市。かつて通っていた小学校の校庭を眺めながら。

わたしは一人、そんな風につぶやいた。

「うわ、遊具今見るとかわいー。遊んでるときは、全然気付かなかったけど」

ここに通っていたのは、もう六年ほども前のことだ。

まだ、声優になる前。その前段階として、女優になろうと心に決めた頃のこと。

当時、自分が大好きだったわたし。

あの頃だけじゃない、声優になってからも良菜に出会った頃も、わたしはわたしを誇っていた。

それが今……揺らいでいるかもしれない。

初めて、自分自身への評価が変わりつつあるかもしれない。

そんな今、わたしが訪れたのがここ——かつて通っていた、この小学校だった。

——合宿から戻ってきてすぐ。

わたしは『小田原さんの出演作品』『インタビュー』『参加した配信や動画』のチェックを始めた。

役者としてブレてしまっているわたし。

良菜という予想外のライバルの出演に、動揺しているわたし。

対して、確かに小田原さんのお芝居は徹底的に安定感がある。

舞台の世界から来たという経歴があってか、あるいは本人の性格なのか。とにかく、彼はわたしが今欲しくてしょうがないものを手にしている。

だから……ヒントを見つけたかった。

わたしがわたしを取り戻すその方法を、小田原さんのあり方の中から見つけたい。

それらしき情報は、一年ほど前のインタビュー記事から見つかった。

声優誌の、特別増刊号。

今人気の声優たちのインタビューが、カラー写真つきで掲載された記事。

ネット上のインタビューが、どうしても『出演作品』や『発売するソロ楽曲』なんかに焦点を当てたものが多い中、このムックはそれぞれの声優さんのこれまでや、お芝居に対するこだわりに注目をしていた。

その中で、全体の中程。

沢山の写真とともに掲載された小田原さんのインタビューに、こんな質問があった。

『――小田原さんのお芝居は、大御所の声優さんからも評価されています』

『――特に御屋形慎二（おやかたしんじ）さんからは、「メンタルのタフさが芝居に活（い）きている」と評されていますが』

『――元々、小田原さんは精神的に強靱（きょうじん）だったんでしょうか？　あるいは、舞台役者として活動する中で、折れない方法を見つけられたんでしょうか』

その問いに、小田原さんはこう答えている。

小田原『折れない方法なんてありませんよ』
小田原『ただ、何度も折れてそのたびに立ち直ってきただけです』
小田原『もしも精神的に俺が強いのだとしたら、その経験の多さが一つの理由だと思います』
小田原『傷ついて苦しんで、情けない思いをするしかない』

折れない方法などない。苦しむしかない。

少なくとも——意外な言葉だった。

ブレてしまったことに、本気で焦っていた。こんな風になってしまった自分に、少しだけ失望しかけていた。そして小田原さんも、そんなわたしの弱さを見抜いたのかも、と。

小田原『ただ、そうは言っても、立て直したいときにすることはあって』

小田原さんは、そんな風に続けていた。

小田原『子供の頃。できるだけ初期の頃に出演した舞台の映像を見るようにしています』

『──なるほど、原点というか』

小田原『ええ。無理に立て直そうとすると、自分自身がつぎはぎになる可能性があります。もう一度立ち上がるにしても、かつての自分の延長線上にはありたい』

小田原『だから俺は、壁にぶつかったときや自分を見失いそうなとき。原点に立ち返るようにしています』

──原点。

野島紫苑(のじましおん)が、香家佐(かげさ)紫苑になった始まりの地。

わたしも、そこに立ち返ってみたい。自分の起原を思い出したい。

だとしたら──小学校だ。そう思った。

何者でもなかったわたしが、今のわたしになる一歩を踏み出した場所。

だから今日、仕事のないお休みの日。

こうして、わたしは一人で地元流山(ながれやま)、実家から徒歩十五分のところにある、母校にやってきたのだった。

「……なつかしー」

視線を前に向けると、かつて毎日通っていたその建物が見える。

クリーム色、三階建て。耐震補強の筋交いと、玄関に掲げられた校章――。

「よし、行くかー」

そしてわたしは、一つうなずくと。

卒業式の日以来、初めてその正門をくぐり、校舎へ向かったのでした。


「――立派になったなあ！」

「――大したもんだよ、野島(のじま)さん！」

「――この間、出演してるアニメ、見たよ！」

やってきた職員室で、当時からいる先生たちはわたしを大歓迎してくれた。

六年生のときの担任や当時の教頭先生。彼女は今、校長になったらしい。

他にも見覚えのある顔が何人か。

「おかげさまでがんばってまーす！」

「ちょっと前に、めちゃくちゃ炎上しましたけど！」

わたしのそんな軽口に、先生たちも苦笑する。

そして、

「……五年の頃の、放送の音源が聞きたいんだって？」

背の高い、優しそうな中年男性。

当時放送部の顧問だった、熱海先生が言う。

「用意してあるから、放送室に行こうか」

「ええ、お願いします！」

うなずくと、彼に続いて職員室を出た。

——五年生になった頃。

わたしは当時の上級生に勧誘されて、放送部に入った。

声がきれいだから、という理由で誘ってくれたらしい。特に放送に興味はなかったし、むしろ「地味でちょっとなあ」くらいに思っていたけれど、試しに、と入部してみることにした。

放送部は万年部員不足で、わたしはあっという間に昼の放送のパーソナリティに抜擢。

入部から一週間もしないうちに、この声が校内に響くことになった。

それが——わたしが初めて自分の意思で、人前に立った瞬間だった。

その音源。初めて、わたしが声を不特定多数に放った、そのときの音声。

どうしても、わたしはそれが聞きたくて。事前にこうして小学校に連絡を取り、お邪魔しているのだった。

「放送は、全部メモリーカードに入ってて……」

到着した放送室で。

過去の放送を保存してあるらしい、熱海(あたみ)先生はメモリーカードのケースを取り出す。

年数ごとに整理されているその中から、彼はわたしが在校していた頃の年度を選び、一枚のカードを取り出した。

「これだ。事前に確認して、このカードに入ってるのを見つけたんだ」

「うわあ、ありがとうございます！　大変でしたよね？」

「いやいや、懐かしくて面白かったよ」

言いながら、彼は持ってきたノートパソコンにメモリーカードを差し込む。

そして、中に入っていた音声ファイルを選択し、イヤフォンジャックにスピーカーを繋(つな)ぐと、

「流すね」

「はい、お願いします！」

トラックパッドをクリック。

狭い放送室に、わたしの声が流れ出す――。

『──五月十五日、水曜日。お昼の放送を始めます』

『──こんにちは。五年三組、野島紫苑です』

『──今日から、お昼の放送を交代で担当させてもらいます』

『──よろしくお願いします！』


──背筋に、わっと電流が走った。

たどたどしい語り口。

幼さとあどけなさ、女子としての自覚の入り交じった響き。

けれど──はっきりと、わたしのものだとわかる声。

「……うわあ……」

思わず、そんな声を漏らしてしまった。

「わたし、こんなんだったんだ……」

「当時から、野島は上手かったなあ」

熱海先生はそう言って、当時より増えた皺を寄せてほほえむ。

「こんなに堂々と話せるんだなって、びっくりしたもんだよ……」

『──さて、最初にクイズのコーナーです』

『――月曜日、校長先生が朝礼でお話ししたことから、問題を出します』

『――よく思い出しながら、考えてみてください』


五年生のわたしの声が、放送室内に流れ続ける。

そしてわたしはそこに――はっきりと高揚を。

当時のわたしが覚えていた、快感の色を見いだす。

そう……気持ちよかった。

声だけとは言え、沢山の人にわたしの存在を伝えるのが。

できるだけきれいな声で、できるだけきれいな発音で、自分で考えてきた企画を披露するのが――。

――これが、すべての始まりだった。

わたしは、沢山の人に知られたい。

できるだけ眩く輝いて、多くの人にそれを届けたい。

そんな願望を、この放送をしながら生まれて初めて覚えたんだ――。

そして……いつの間にか、こんなところまで歩いてきていた。

女優を目指してオーディションを受けて。中学で合格してから、いくつかのドラマにも出て。試しに受けた声優のお仕事で、好評をもらって。

軸足をそちらに移して――気付けば夢中になっていた。

一番自分が輝ける方法が、声のお芝居だと確信した――。

「……ふふっ」

……良菜が聞いたら、笑うだろうか。

こんな場面で、思わずわたしはあの子の顔を思い出してしまう。

あの子は、お芝居に憧れている。

純粋に演技によって作り出されるものが好きで、それを自分でも作りたくて、どうしようもなく焦がれ続けている。

そんなあの子から見れば、わたしは不純だろうか。

お芝居を、自分が輝くために使うなんて、と呆れるだろうか。

でも――これがわたしだ。

わたしは、わたしが好きだ。

もっともっと輝きたい、わたしの鮮やかさを世界に知らしめたい。

声優という、お仕事を通じて――。

「……うん、いける」

自分の中に、芯が生まれたのを感じる。

……いや、生まれたんじゃない。

元々これはわたしの胸にあって、ちょっとそれを見失ってただけなんだ。

「わたしは、わたしのままでいけるんだ……」

その声に、先生が不思議そうにこちらを見る。

そして、何か納得したのか、うれしそうに小さくほほえんだ。


『――では、校長先生が中学生の頃好きになったという曲は、次のうちのどれでしょう?』

放送室には――わたしの声が。
幼いわたしの放送が、今のわたしと変わらない鮮やかさで響き続けていた――。

＊＊＊

「――お疲れ、紫苑(しおん)」

「――おう、お疲れー良菜(らな)」

事務所で紫苑とばったり会ったのは――シュガトンのライブから数日。

『おやすみユニバース』のアフレコを、来週に控えた週末のことだった。

紫苑もちょうど『精彩世界』の四度目の収録の前。

PVなんかもアフレコする、大仕事の直前だったはず。

「ちょっと、話してかない？」

「うん。会議室空いてるかな？」

どちらからともなくそんな話になり、空いていた会議室を使わせてもらう。

居合わせた斎藤さんも、「じゃあわたしも」とついてきた。

三人で椅子に座り、ふうと息をついてから、

「どうよ、良菜」

何でもない風で、紫苑はそう尋ねてきた。

「お互い、欄ちゃんとか小田原さんを参考したわけだけど。その後、どう？」

「あー、うん」

聞かれて、自分の気持ちを確認する。

最近のわたしはどうなのか。お芝居、ちゃんとできそうなのか。

「大丈夫だと思う」

そして、はっきりそう答えた。

「もう大丈夫。ちゃんとやれると思う。紫苑は？」

「わたしも大丈夫だねー」

当たり前みたいな顔で、紫苑はそう言った。

「いける、これまで通り。ていうかこれまで以上に」

「ならよかった」

視界の隅で、斎藤さんがほっと息を吐き出すのが見えた。

……だよね、そうだよね。心配かけちゃったよね……。

ここまで本当に、斎藤さんには迷惑をかけっぱなしだった。

入れ替わりを始めてから、その告白。こうして立ち直るまで。

ずっと気が休まらなかっただろうし、心労もとんでもないことになっていただろう。

でも……うん、もう大丈夫です。

ご迷惑をおかけしたけど、わたしたちはやっていけると思う。

安心しきるのは難しいだろうけど、信頼して、わたしたちを送り出してほしい。

だから——、

「……そうだ」

ふと思い立って、わたしは声を上げた。

「紫苑……ちょっと一緒に、かけあいやらない？」

「へ？　今ここで？」

「うん。本当に調子が戻ったのか、確認したいなって思って」

「……あー、なるほどね」

わたしの意図を理解したのか、そうでもないのか。

紫苑はそう言って、椅子を立つ。

「いいよ、やろうか。台本はどうする？　なんか、初見のやつとかが良い気がするけど」

「ああ、じゃあ」

と、斎藤さんが手を上げ、

「さっき、二人に同じ作品のテープオーディションの依頼がきたから、それでどう？　ちょうど、かけあい想定のシーンもあったし」

「お、じゃあそれで！」

「スマホとかに、共有してもらえますか？」

「うん、送るね」

——斎藤さんから、ＰＤＦが送られる。

今度アニメ化予定の、ライトノベル原作作品らしい。

異世界が舞台の、コミカルで楽しい物語。

台本にはダブルヒロインのかけあいが書かれているから、そこをやることにする。

「じゃあ、いくよ、良菜」

「うん。お願い」

うなずき合って——二人でお芝居をする。

自分が見つけたもの、気付いたこと、それをすべて込めたお芝居を。

もちろん、探りながらの部分もある。

いくつかあるお芝居のプランで、迷う瞬間もある。

けれど——はっきりと、手触りがある。

二人とも、一歩先に進んだ感触。

そうだ、ここしばらくで。きっとわたしたちは二人とも、前よりずいぶんと上手（うま）くなった——。


——かけあいが終わる。

会議室に、静けさが戻ってくる。

短く間を置いて、

「……はああ〰〰」

斎藤さんが、情けない声とともに机に突っ伏した。

「よかったあ。大丈夫そうで、ほんとよかった……」

「あはは、ごめんねー心配かけて」

「本当に、このところ大変だったからね……」

「いや、うん。もう大丈夫。わたしもこれで、覚悟が決まったよ」

顔を上げ、斎藤さんは笑う。

そして、まっすぐにわたしたちを見ると、

「……やってやろう！」

力強い声で、そう言ったのでした。

「二人の実力を——存分に見せつけてやろう！」

第六話
【アイ・シー】

Welcome to the recording booth! 2

──目の前に、役者が揃(そろ)っていた。

大人気若手俳優、矢盾陣(やたてじん)さん。

駆け出し女性声優、欄干橋優花(らんかんばしゆうか)ちゃん。

他にも大御所声優、ベテラン女優、新人、様々な役者さんたち。

そして──わたし。

わたし、佐田良菜(さたらな)も、今作の主人公としてその輪の中心に立っている──。

「──おはようございます。塔ノ沢藤次(とうのさわとうじ)です」

監督が、わたしたちを前にそう切り出した。

『おやすみユニバース』の収録当日。

集合時間少し過ぎの、アフレコブースでのことだった。

「このたびは皆さん、出演いただきありがとうございます。個人的なことではありますが、今作には監督人生を賭けています。それを、こんな豪華な役者さんたちに彩ってもらえることに、まずは心から感謝しています」

熱意の籠もったその言葉に、何人かの役者がうんうんとうなずく。

スタジオ内には──深夜アニメとは違う、不思議な緊張感が満ちていた。

まず、シンプルに景色が違う。

コントロールルームにいる沢山の大人たち。

配給会社の人やレコード会社、メーカー、各声優のマネージャーさん。

スーツ姿の人が多くて、これが特別な現場だと改めて思い知る。

「今作、建て付けはＳＦではありますが、その本質は恋愛物語です」

塔ノ沢監督が、話を続ける。

「世界全体を揺るがす恋愛。それは幼い頃に自分たちが覚えた皮膚感、そのものの比喩です。それを、皆さんのお力を借りてリアルに描ききりたい」

その情熱に胸打たれながら、けれど頭は冷静にこのあとのことを考えている。

劇場版アニメだけあって、アフレコも様々な部分でテレビ放送のアニメと異なる。

矢盾さんはマイクワークに加わらず、１番のマイクを専用で使用する。

百分の本編をＡ、Ｂ、Ｃ、Ｄパートに分けて録(と)る。

すべてを一日で録り切るから、キャラの把握や表現も今日だけの一発勝負になる。

お芝居自体も、深夜アニメと別物だ。

距離感はリアルに、エチュードに近い感覚で。

キャラに込める意識量は多めで、トーンも全体に低めでいきたい。

そんな――普段と違うこの現場で。役者としてのすべてが丸裸になるこの場所で。

わたしたちは、それぞれのお芝居を閃(ひらめ)かせることになる――。

「大切な大切な作品です」

子を託す親の顔で、塔ノ沢監督が言った。
彼はわたしたちに深く頭を下げ——。
「——どうぞよろしくお願いします！」
役者たちが、大きな声で返事をする。
スタッフさん含め、その場の全員から拍手が上がる。
ブースを出て行く監督、ソファのそれぞれの席に腰掛ける役者さんたち。
さあ……まずはテストだ。
わたしたちの、アフレコが始まる——。
「……」
わたしも腰を下ろしながら、ちらりと欄ちゃんの方を見た。
その顔に薄く笑みを浮かべ、この大舞台でも『欄干橋優花』を貫いている彼女。
一瞬、心臓が小さく跳ねかける。
彼女の怒りに反応していた自分に、戻ってしまいそうになる。
けれど……大丈夫だ。
「……ふう」
一度深呼吸して、わたしは気持ちを落ち着かせる。
わたしは、彼女の大切なものを知った。

自分との違いを理解した。
だから、尊重できる。
お芝居で――わたしたちのお仕事の中で、彼女のあり方を肯定することができる。
『――では、テストから参りましょう』
スピーカーから、音響監督の声が聞こえる。
『まずはAパート、つらっと最初から最後までいきましょうか』
「――はい！」
「――承知しました！」
返事をしながら、わたしは腰掛けていたソファから立ち上がった。
物語はわたしの――日向(ひなた)のナレーションから始まる。
マイクの前に立ち、呼吸を整える。
目の前のディスプレイに目をやると――カウントダウンが始まった。
5、4、3と数字が減っていき、画面に映像が映し出されて――。

――わたしは、お芝居を始めた。

＊＊＊

『精彩世界』、四度目の収録。
最終日である今日は――戦闘ボイスの収録から始まった。
ずいぶんと身体に馴染んだ狭いスペース。
いつものように、ヘッドフォンを左耳だけ当ててお芝居を始める――。

「――やあッ!!」

「――はッ!!」

わたしの演じる女性主人公、暗は片手剣使いだ。
通常攻撃は五段。四段目だけ魔術を使い、それ以外は剣戟。

「――ふッ！」

「――沈め」

だから——意識する。
この手に持った、細く繊細な装飾のされた剣。
それを魔物に向かって振り下ろし、ヒットする瞬間の手応え——。
自然とお腹(なか)に力が入る。腹筋がぎゅっと収縮し、喉が勢い良く鳴る。
四段目、魔術だけは例外だ。
手の平から闇を生み出し、魔物を呑(の)み込(こ)む。
ここは落差をつけて優雅な声色で、『闇のお姫様』感を強調。
そして最後に、

「——たァッ！」

五段目、切り上げるモーションに合わせ、大きく声を張って——、
『——ありがとうございます！』
ヘッドフォンの左耳に、音響監督の声が聞こえた。
『では、しばしお待ちくださーい』
「はい、ありがとうございます！」
ガラスの向こうで、プロデューサーやディレクターさんたちの相談が始まる。

手応えがあった。

はっきりと、上手くやれた感覚がある。

ディレクターの声だって、前回の収録と比べて明らかに明るくて、

『お待たせしました、さっきのでいただきます！』

予想通り、そんな言葉が返ってきた。

「ありがとうございます！」

『では次に、通常スキルとチャージスキル。続けて、攻撃全体の別パターンまでいっちゃいましょうか！』

「はーい、お願いします！」

ブースの中で、キューランプが光った。

わたしはもう一度暗の役に入り、魔術を駆使した剣技にふさわしい声を上げる。


「――暁暗！」

「――常闇」

はっきりと――持ち直していた。

ブレていたわたしの芝居。見失っていた、わたし自身の魅力。
けれど今わたしは、わたしの輝きを、鮮やかさを、声に込めることができている――。
――楽しい。
身体に満ちる高揚感がある。
恍惚に汗が滲んで、背中に震えそうな快感が走る。
わたしは、わたしの芝居を取り戻した――。
……けれど。問題はこのあとだ。
こうしてバトルやダッシュ、壁上りなどのフィールドのボイスを録ったあと。
今日は、リリース前に公開するPVの収録も控えている。
出演者は――わたしと小田原さん。
男性主人公、女性主人公二人の登場する映像になる予定だ。
しかも、収録はかけあい。つまり――正面から、小田原さんと対峙することになる。

「――さあッ！」

「――とうッ！」

そこでわたしは、わたしであり続けることができるのか。

強い芯を持ち、わたしにクリティカルな問いを投げかける彼。

鋭い視線を向ける、小田原(おだわら)さん――。

そこで――わたしは彼の目を眩(くら)ませるほどに、輝くことができるのか。


「――やッ！」

「――飲まれろ」


――できるに決まっている。

はっきりと、そう思う。

そんなの、わたしがわたしであればいいだけだ。

今の香家佐紫苑(わたし)に、できないはずがない！

『――いただきます、完璧です！』

「ありがとうございます！」

トークバックに笑顔で返しながら。来たるべきその大舞台に向けて、わたしの胸は高鳴りはじめる――。

＊＊＊

「──うわー、魔法使える」

「──すご！　あははは！」

「──……にしてもこの服、さすがにイタくない？」

『おやすみユニバース』Ｂパート、『魔法少女の夢』シーンのテストが始まる。

自分が作り出した夢の世界。魔法少女になった日向はその能力を楽しみつつ、フリフリの衣装に思わず自嘲する──。

「──これ許されるの、小学生までっでしょー。ＪＫにこれはさすがに辛い……」

「──お、でも飛べる！　空飛べるー！」

「──わはーきれーい！　ていうかここ、東京だったんだー！」

──収録は、順調に進んでいた。

矢盾さん演じる男子が転校してくるシーンを経て、自分が夢の世界を作れると知った日向。持ち前の楽天的な性格で、彼女は無数に世界を作り出しては遊び回る。


「――お、ちゃんと敵の怪物も登場する感じなのね」

「――じゃーちょっくら、倒しちゃいますかー」

「――いくぞー！」


美少女としてではなく、等身大の女の子としての彼女。色気もへったくれもない声で、ニチアサのアニメに出てきそうな怪物と戦う日向。

冗談みたいな魔法を連発しまくって、ド派手に相手を追い詰めていく。


「――とりゃー!!」

「――えい！　えいっ！」

「――よーし、これで終わりだー！」


そして――そんなお芝居のさなか。

――欄ちゃんが、隣のマイクに立った。

台本を掲げ、ディスプレイに目をやる。

鼓動が一拍、存在感を主張する。
日向の妹。長閑の登場シーンだ――。
――ここまでも、長閑は何度か映像に登場している。
Aパートの帰宅後のシーン。一緒に学校に登校する場面。
Bパートでも何度か顔を出していて、欄ちゃんもお芝居をしていた。
けれど――本格的にセリフを読むのは。
長閑のキャラが見えて、わたしとかけあいをするのはここが初めて。
……さあ、どんなお芝居で来るんだろう。
生意気でかわいくて勝ち気な妹、長閑。
高い位置で括った短いツインテール。ネコのような目に低い身長。
アニメのグッズを通学鞄に「これでもか！」とつけた、女子中学生。
そして――この『魔法少女の夢』では、敵の魔法少女になる女の子。
――ここからが、一つの勝負だ。
映像に――魔法少女姿の長閑が大写しになる。
彼女が不敵に笑い、隣の欄ちゃんが口を開いて――、
「――ふーん。やっぱりドリーミーモンスターじゃ、すぐに倒されちゃうかあ……」

「──ここは……わたしが出ないとね」


──思わず、ほほえんでしまいそうになった。

そんな場面じゃないのに、画面の日向も驚きの顔なのに。

それでも──欄ちゃんが「そういう芝居」で来たのが、とても楽しい。


「──え、の、長閑!?」

「──やっほーお姉。ずいぶん恥ずかしい格好してるねえ」

「──こ、これはいいの！　で。でもその……」

「──ああ、わたし？　……ふふ、そうなの。わたしも魔法少女なの！」


──高い声。

──はっきりした幼さと、いたずら好きのニュアンス。

いかにも──妹キャラ。

『おやすみユニバース』という作品のリアリティラインの中で、選び得るデフォルメの最大限に振って、欄ちゃんはお芝居をしていた。

そうだ──間違いなく、それが正解だ。

──深夜アニメへのリスペクト。

かつて、塔ノ沢監督はそう言っていた。

『おやすみユニバース』は青春ＳＦで、広い層に向けた作品作りをしたい。

リアルなお芝居が必要になるし、話作りもそれに準じたものになると。

ただ、塔ノ沢監督は元々深夜アニメ畑の出身で、若い頃からオタクだったことやその文化の中で育ってきたことを公言している。

そして──長閑。『おやすみユニバース』の中で、もっとも『深夜アニメ』的な、『萌えキャラ』的な存在。そこに、いかにもな『妹キャラ』のお芝居をぶつけたのが、欄ちゃんがこの役を勝ち取った理由だった。

ただ──それだけじゃない。

欄ちゃんがそのお芝居を選んだのには、もう一つ大切な理由がある──。

＊＊＊

一人の収録を無事に終え、そのままＰＶのアフレコを、と案内される。

通されたのは──同じスタジオ内、アニメ収録でも使われる広いブースだ。

明るい照明に照らされた、わたしたちの戦場。

ソファに腰掛け――深呼吸をする。背筋を伸ばしまっすぐ前を見る。

――もうじき、彼が来る。

今日わたしが対峙すべき役者がここにやってくる。

もちろん、様々な感情がある。期待、憤り、高揚、敵意、信頼、不安。

けれど――本当はわかっている。

わたしの前に立ちはだかっているのは、彼じゃない。

もっと大きくて、いかんともしがたい何かだ。

だから……動揺なんて必要なくて、わたしはただここで静かに呼吸を繰り返した。

「――おはようございます」

――凛と声が響いた。

腹式呼吸の深い響き、声帯の織りなす爽やかな高音域。

「声協所属、小田原透です。よろしくお願いします」

「よろしくおねがいしまーす！」

「お願いします！」

スタッフさんの挨拶に合わせて、わたしはソファを立つ。

「おはようございます」

「ああ、おはよう」

頭を下げると、小田原さんは短くそう答える。

それで、十分だった。

わたしたちは、お芝居で通じ合えばそれ以上の言葉は要らない。

プロデューサーさんの説明があって、すぐに収録が始まる。

映像は既に完成していて、それをディスプレイで再生してもらいながらわたしたちはお芝居をすることになる。

『――では、始めていきましょう』

トークバックから、ディレクターさんの声が聞こえた。

ディスプレイでカウントダウンが始まり――映像が流れ出す。


「――まがい物の彩り。偽物の鮮やかさ」

「――そんな世界に、わたしたちは生まれてしまった」


PVは――黒と暗の、そんなセリフから始まる。

『精彩世界』のリリース前、各種媒体で公開される三分ほどの映像。

『精彩世界』の『顔』になるのがこのPVで、ゲームの未来自体を大きく左右する。

「――千年前の戦いの続きが、静かに始まっていた」

「――俺たちは、ただ……抗うこともできないまま、巻き込まれていく……」

小田原さんが、黒のモノローグを演じる。

――芯を感じる芝居だった。

隣で聴いていても、胸を打つ存在感だった。

揺るぎないキャラの理解。自分の技術への信頼。

そのすべてが声に滲む――強いお芝居。

改めて、さすがだなと思う。

何度も打たれ、折れ、それでも立ち直ってきた本物の強さ。

一体、どれだけ苦しい夜を越えてきたんだろう。一体、どれだけ自分を追い込んできたんだろう。そんな彼の隣で――わたしも息を吸い込み、

「――どの色にも馴染めないわたし。この世界に溶け込めない暗黒」

「――けれど……だからこそ、貫けるものがある。放てる光がある」

――心臓が、熱く駆動しはじめていた。

わたしが今、ここにいる。

香家佐紫苑という存在として、ここに立っている。

小学生の頃、初めてマイクに向かい合ったあの日。あのときから全力で駆けて駆けて駆けて、野島紫苑はここまでやってきた。そんな日々が、わたしを支えている。

だから——いける。

わたしは今日、輝ける——。

少しずつ音楽が盛り上がっていく。

映像の動きも賑やかになっていく。

PVは、穏やかな前半部、華やかな中盤部を経て——激しいアクションシーンで幕を閉じる。ラストは、映像はもちろんお芝居も見せ場になる。

同位存在である暗と黒が、お互いに思いをぶつけ合うことに。

きっと——そこですべてが決まる。

わたしと小田原さん、存在そのものがぶつかり合う、そのシーンで——。

＊＊＊

欄ちゃんが、華やかなお芝居でわたしに語りかける。

「――いっくよーお姉！　勝負だ！」

「――え、ええ⁉　わたしたち、戦うの⁉」


そして――わたしにははっきりわかる。

彼女が応えようとしているもの。お芝居で満たそうとしているもの。

――ファンの期待だ。

欄ちゃんが、ファンのみんなに期待されているお芝居。

彼女は――アニメ的にかわいい女の子、を求められている。

しっかりと利いたデフォルメ。日常では聞けない、耳に心地いい高い声。

それを駆使して演じられる、かわいいキャラ――。

それを誰よりも理解している欄ちゃんの、針の穴に糸を通すようなお芝居。


「――ほらほらほらー！　飛び回ってるだけじゃジリ貧だよ！　真正面からかかってきなよー！」

「――くっ……！」

……すごいなあ。

演技中ながら、改めて思ってしまう。

作品に、監督に求められるお芝居をしながら、ファンの期待にもしっかり応える。

自分に課しているハードルの高さと、それを越えていくだけの努力量。

欄ちゃんが背負っている――欄干橋優花の名前。

欄ちゃんが、わたしたちに怒ったのも当然だ。

紫苑のファンは、香家佐紫苑の名に於いてされるお芝居を信頼していた。

紫苑が出ているからとアニメを見て、紫苑が歌っているからと曲を聴いた。

なのに入れ替わるなんて、別人が香家佐紫苑の振りをするなんて、不誠実このうえない。

欄ちゃんが、そのことに気付かせてくれたんだ。


「――もう、こうなったら仕方ない……」

「――お、やるの？」

「――うん……夢の中なんだから、痛くっても文句言わないでね」

……ただ、そのうえで。
それを呑み込んだうえで――それでもわたしは思う。

自分は、欄ちゃんのようにはなれない。なろうとも思わないと——。

——わたしは、お芝居が好きだ。

作品のためにお芝居をするのが好きで、素晴らしいお芝居に焦がれてここまで来た。

優先すべきは、キャラクターの表現だ。

誰かのために演じるのではなく、できるのは提供だけ。

わたしはキャラをこう理解して演じるという、一つの提供、表現。

誰のためでもなく自分のため。キャラクターを魅力的に表現するため、わたしは演じる。

色んな価値観がある。色んな目的がある。色んなお芝居がある。

そのすべてが、今のわたしには愛おしい。

だから、わたしはわたしにできるやり方で。

わたしだけの方法で——欄ちゃんの隣にありたいと思う。

「——ほらほらー、そんなもんなのー？」

欄ちゃんが、煽るような声でお芝居をする。

「——それじゃいつまで経っても、わたしを倒せないよー？」

ディスプレイの中で、軽やかに日向(ひなた)の攻撃をかわす長閑(のどか)。
……ここで、日向はそれを受け流すはずだった。
冷静に、長閑に反撃を繰り出すはずだった。
けれど、

「――そんなこと言ってられるのも……今のうち！」

――ほんの少し。
表情と齟齬(そご)が出ない程度に、声に好戦的なニュアンスを混ぜてみた。
日向のキャラの範囲内、すべてのバランスを壊さないよう気を付けて。
つまり――欄ちゃんがより自由に。より楽しく演じられる余地を作るお芝居――。

「――おー？　やっと本気出してくれたー!?」

欄ちゃんの声が――さっき以上に色づいた。
きっと、わたしのお芝居を基点にして。

やりとりは、テンポよく続いていく――。


「――そんなことない！　しょうがなくだよしょうがなく！」

「――その割にはー、大技連発しすぎじゃなーい？」

「――そっちがちょこまかうるさいからでしょ！」

「――うわっと！　んーさすがにまずくなってきたなあ」


ひらひらと煌めく、欄ちゃんの声。

彼女の持てる強さ、魅力を完璧に活かしたお芝居――。

それが――わたしの芝居と絡み合う。

色合いはどんどん加速して、強力に混じり合っていく。

きっと――そろそろ気付いてくれただろう。

わたしがしていることを、欄ちゃんもわかってくれたはず――。


「――よーし、じゃあここらで終わりにしようか！」

欄ちゃんの声が――はっきりと、高揚していた。

自由で楽しげで、百点満点にかわいい欄ちゃんの声――。


「――お姉！　そろそろこの夢も覚めるよ！　とっととカタ、つけちゃおう！」

「――もう、しょうがないなあ！」

「――いくよ！　お姉！」

「――かかってきなさい！」


ディスプレイの中で、二人が強力な魔術を放つ。

眩い光で、画面全体がハレーション。

真っ白な光ですべてが満たされて――唐突に、映像は切り替わる。

『魔法少女の夢』のシーン、終了だ。

日向と長閑が画面から消え、矢盾さんの一人語りが始まる――。

わたしと欄ちゃんは、マイク前から素早くはけた。

音を立てないよう気を付けて、ソファまで後退する。

そんなタイミングで、

「……」

欄ちゃんが、真剣な表情で。

驚きの混じった真面目な顔で、こちらを見ているのが目に入った。
意外そうな、戸惑うような、けれど、どこかかすかにうれしそうな表情。
……やっぱり、わかってくれたんだね。
わたしの欄ちゃんに対する気持ち。
あなたが見せたいあなたを、一緒に見せようという意思——。
そう、わたしは、あなたを尊重する。
その意思があるし、実際そうすることができる。

そして——次はわたしの番。
最後に、自分の芝居を全部ぶつけよう——。

＊＊＊

楽しげな、ＰＶ中盤が終わる。
画面が暗転、ＢＧＭが唐突に途切れ——。

——すべてを塗り替えろ。

そんなテロップが画面に大写しになった。

それが――合図だ。

――かけあいが始まる。

香家佐紫苑（わたし）と小田原透（かれ）の、戦いが始まる――。

ディスプレイの中で、暗（あん）と黒（くろ）が死闘を繰り広げる。

お互い剣を振り、魔術を放ち――わたしたちは、喉を鳴らした。


「――わたしたちが間違い!?」

「――そんなはずはない！」

「――調和が必要なの!?」

「――俺は、決して染まらない！」


小田原（おだわら）さんの声が上がる。

皮膚が、服が、その響きでビリビリと震えた――。

熟練者の芝居は、質量を帯びる。

幻覚なんかじゃない、確かな衝撃が身体（からだ）に走る。

——強い。やっぱり、この人は強い。

決して簡単に並び立てる相手じゃない。

だから——すべてを背負って、わたしは輝く。

目の眩むようにまばゆく、暗の心のように漆黒に——。


「——この世界、おかしいよね？」

「——最初からわかっていたさ！」

「——わたしが変えてあげる！」

「——ああ、それしかないな！」


喉が震える。全身にしびれが走る。

汗が噴き出して、手に力が籠もった。

今のわたし、きっと泥臭い。

前髪は額に張り付いている。表情を作る余裕はない。

唇も歯も舌も、すべては暗の声を紡ぐためにある。

今のわたしはかわいくない——。

それでも！　そのすべてが！
わたしをまとうすべてが誇らしい！

――わたしは美しい。
小田原さんより、良菜よりずっと美しい。
それを今、世界に知らしめたい。
暗を通じて、お芝居の力で、この世すべてに焼き付けたい。

「――走れ！　届け！　光よりも速く！」
「――飛べ！　掴め！　闇より確かに！」

気付けば――調和している。
小田原さんの声とわたしの声。暗の心と黒の心。
それは一つの大きな固まりになって、ブースを突き破りそうなほどに膨らんで――。
わたしと彼は――声を合わせた。

「「さあ――黒く塗りつぶそう！」」

＊＊＊

「——おやすみなさい。良（い）い夢を」

『おやすみユニバース』。
アフレコは——最終盤に差し掛かっていた。
すべての夢を乗り越え、現実世界。
夕方。とある田舎のバス停、日向（ひなた）の膝を枕に眠っている『彼』。
オーディションで想定されていたラストシーンだ。
本来なら、物語はここで終わり。アフレコも終了なのだけど、

「——おはよ」
「——何ー、眠そうな顔して」

ただ……完成した動画には、続きがある。
エンディング後に流れる、短い後日談。

監督が原作者と相談して追加した、短いワンシーンだ。

現実世界に戻った翌日。

日向(ひなた)が、一緒に登校するため彼の家を訪れるシーン。


「――なんか眠いんだよな」

「――昨日寝れなかったの？」

「――んなことねーんだけど」


日向と彼が、学校へ向かって歩き出す。

朝の光が、二人を淡く照らしている。

――欄(らん)ちゃんに、わたしの気持ちは伝わっただろう。

あなたの意思を、大切なものを尊重したい。そんな気持ちは――十分に伝わったはず。

だからあとは、芝居を聞いてほしい。

わたしのすべてを、そこに込めるから。


「――日向、なんか大人っぽくなった？」

「――え、どしたの急に」

「――いや……なんとなく雰囲気変わったなって」

「――ほんとー？」


セリフを読みながら――わたしは感じ取る。

日向のいる、朝の住宅街。

匂いや音や、肌に感じる空気の温度。

それから、彼氏。隣にいる、夢の世界で追いかけてきた彼。

日向は恋をしている。ずっと彼に、会いたいと思ってきた。

いくつもの夢を越えて、彼に会いたいと願った。

――わたしも、これまで何度か恋をしてきた。

叶(かな)ったことはないけれど、その苦しさに胸を締め付けられたり、眠れない夜を過ごしたりもした。

だから――思い出す。

わたしにとって、大切な誰か。どうしても会いたい、特別な人。

……けれど、不思議だった。

思い浮かんだのは、好きになってきた男の子じゃなかった。

代わりに……お芝居。

焦がれて仕方ない、お芝居のことをわたしは思う。
誰かを演じる。声で他人に成り代わる。
そんな——芝居に恋している。どうしようもなく惹かれている。
きっと、この恋は一生解けない。
解けないままで、生きていこうと思う。
だから、そんな気持ちを込めて——、

「——夢を見たんだ」

光の満ちる住宅街で。
木々の緑がざわめく中で、
——わたしは、日向は最後のセリフを口に出す。

「——あなたと、とても長い夢を見たんだよ」

＊＊＊

『――ありがとうございましたー』

――真空みたいな無音のあと。

トークバックで、ディレクターの声が聞こえた。

『――小田原（おだわら）さんも香家佐（かげさ）さんも、今のでいただきました！　お疲れ様でした！』

「お疲れ様です！」

「ありがとうございましたー！」

口々にそう言って、わたしと小田原さんは息をつく。

呼吸を整え、少し水を飲む。

熱を帯びた身体（からだ）に、その冷たさが染み渡っていく――。

――終わった。

わたしと小田原さんの、ＰＶ収録が終わった。

達成感と満足感。そして、身体に満ちる自己肯定感。

……すべて出し切れた、と思う。

わたしは、わたしの力をこの収録ですべて出し切れた……。

「お疲れ様」

そんな風にぼんやりしている間に。

さっさと荷物を片付け、小田原さんがブースを出て行こうとする。

「……ええ、お疲れ様でした」

わたしも短く、彼にそう返した。

ずいぶん、あっさりした態度だなあ。

こっちは良い芝居したと思うんだけど。ちょっとくらい声かけてもいいんじゃない？

そういうの、いくら顔がよくてもモテないぞー。

けれど……彼はふいに、こちらを振り返った。

そして、じっとわたしの顔を見たあと……、

「……すまなかった」

生真面目な顔で、ふいにそんなことを言った。

「撤回するよ」

そして――彼は短く、こう続ける。

「これまでぶつけた失礼な言葉、すべて撤回する。すまなかった」

「……ありがとうございます」

どへえ、と身体から力が抜けるのを感じながら、頭を下げた。

「そう言ってもらえて、光栄です……」

「そうか」

そして――彼は小さくほほえむと。

どこか子供みたいな笑みをその顔に浮かべ、ブースを出ていったのでした。

去り際に、こんなセリフを残して――。

「次に一緒にできる現場を、楽しみにしてる」

＊＊＊

「……本当に、ありがとうございました」

――感極まっていた。

アフレコを終え、打ち上げにやってきたイタリア料理のお店で。

あの塔ノ沢(とうのさわ)監督が、落ち着いた印象の彼の声が震えていた。

「とても素晴らしいお芝居を……ありがとうございました。おかげで、良(い)い作品になりそうです……」

――役者たちから上がる、小さな歓声。

お互いにかけあう、喜びの声。

「あとは、編集や宣伝など様々ありますが……精一杯やりますので！　大ヒットするよう、全力でがんばりますので。皆様、今後もどうぞよろしくお願いします！」

「お願いします！」

「ありがとうございましたー！」

演者からそんな声が上がって――乾杯する。

未成年のわたしたちはソフトドリンクを、大人の皆さんはアルコールを。

コップを打ち合わせながら、お互いに言葉をかけあった。

「よかったよ、佐田さん！　本当にありがとう！」

「いえいえ、矢盾さんには、色々教えていただいて……」

「監督、休憩時間もめちゃくちゃ褒めてたよ！」

「え！　ほんとですか!?　うれしー！」

良いお芝居ができた、と思う。

わたしの思いを、恋する気持ちを、日向に託すことができた。

もちろん、まだまだなところも沢山ある。

わたしは未だに、お芝居の入り口に近いところにいる。

それでも、今日は自分を褒めてあげたいと思う。

問題にぶつかりつつも、前に進むことができたわたし。全力でお芝居することができたわたし。

そんなわたしを、自分なりに褒めてあげたい。

「――お疲れ様でーす！」

ふいに――後ろから明るい声が聞こえた。

高いトーンに甘い響き。

この場のほぼ全員が素の自分に戻る中、きちんと『声優』している発声。

「今日は本当に、ありがとうございましたー！」

振り返ると……欄ちゃんだ。

予想通り、彼女が１００％の彼女でそこにいる。

「……うん、こっちこそありがとう」

「楽しかったですね、アフレコ！」

「だね」

うなずき合うと、ふいに彼女はふっと息を漏らす。

そして――素の彼女で。

声のトーンと音程を下げ、近い距離感の声でわたしに言う。

「……良い名前ですね」

「え？」

「佐田良菜（さたらな）。良い名前ですね。『外郎売（ういろううり）』で、あの人とおそろいで」

驚いて——彼女の顔を見た。

欄ちゃんは、口元を緩めてかすかに笑う。

そして、

「大事にしてくださいよ」

そう言って、挨拶をしに監督の方へ向かった——。

「せっかく素敵な、芸名なんですから——」

エピローグ

Welcome to the recording booth! 2

『――収録で、大変だったことですか』

紫苑のスマホのディスプレイ。

小田原さんが、動画でインタビューに答えていた。

『それはもう、沢山ありました。初めてのゲーム主人公ですから、これまで経験のなかったことばかりで』

YouTubeの『精彩世界』チャンネル。

リリース直前の、キャストインタビューだった。

凛とした声、はっきりとした発声。

小さなスピーカーで再生されているのに、そこには明瞭な説得力がある。

『ただやはり、正面からぶつかるしかないですからね。俺の持つものを、すべてぶつけさせてもらいました』

「へえ……やっぱり、こだわりの強そうな人だね」

喫茶店の隣の席で、彼女のスマホを覗き込み。

なんだかわたしは、緊張感に背筋を伸ばしてしまう。

「背も高いし、強そうだし。こんな人とやり合うなんて……わたしだったら、怖くて泣いちゃってたよ……」

想像してみて、ぞっとしてしまう。

こういう年上の男性に怒られる場面。しかも、相手の方が正論だった場合。

……うん、ダメだ。間違いなく泣いちゃう。

反論とかやり返すとか絶対無理。よくがんばったなあ、紫苑……。

「やー、実際わたしもキツかった」

言葉とは裏腹に、晴れやかな声で紫苑は笑った。

「ビビったし凹んだし、あの時期辛かったなー」

「やっぱりそうだったんだ……」

「でもそれ以上に悔しかったからねー。ちゃんとやり返せてたらいいんだけど」

「え、謝られたんじゃないの？」

「うん。でもなんかさらっとだったから」

言って、紫苑は唇を尖らせる。

「本人の中では、別に大したことなかったのかもしんない」

「んー、そうかなー」

なんて、そんな風に話していたタイミングで——、

『——強いて言えば、香家佐紫苑（かげさしおん）さん』

スマホの向こうで、小田原（おだわら）さんがふいに名前を呼ぶ。

反射的にわたしたちは口をつぐむ。

『彼女とはPVでかけあいもやったのですが、その存在感に負けない芝居をするのが、もっとも難しかったかもしれません。まだ若いのに、彼女は本物の役者です。これからも、一緒に仕事をできるのがうれしいですし、身の引き締まる思いです』


驚いて、紫苑の方を見た。

スマホに向けた目を丸くしている紫苑。

数秒の間を空けて——彼女はにへっと笑った。

「……なんだよー」

あくまで冷静風の声で、紫苑は言う。

「そういうの、ちゃんと本人に言えよなー。スタジオでは、なんかツンツンして……ろくに褒めてもくれなかったくせに」

「……よかったね」

そんな紫苑に、なんだかこっちも幸せな気分になる。

「この人にそんな風に言われるなんて、がんばった甲斐があったね」

「あー。だね。あはは、正直うれしい」

と、紫苑はもう一度柔らかく笑ってから、

「これからも、めちゃくちゃがんばって小田原さん焦らせてやろ。……ってやば、そろそろ時間だ！」

ふいに、紫苑が腕時計を見て声を上げる。

「映画館向かわないと！」

「……わあ、ほんとだ！」

確かに、そろそろ予約した回の上映時間が迫っている。

今日、わたしと紫苑は一緒に映画鑑賞しようとお出かけをしていた。

もちろん、見るのは『おやすみユニバース』。

先週封切りになり、大好評上映中のわたしの主演作だ。

わたしも既に、試写会やプライベートで完成版を鑑賞している。

けれど、どうしても紫苑と二人でも見たくて、わたしの今のお芝居を見てほしくて、自分から彼女を誘ったのでした。

「よし、行こう！」

「あ、ちょ、ちょっと待って！」

そんな風にわちゃわちゃしながら、わたしたちは喫茶店を出ると、すぐそばにある映画館に小走りで向かったのでした。

＊＊＊

「――うおー、満員じゃん！」

「すごいね、平日なのに……」

良菜とやってきた映画館、上映前の劇場。

数百席ある客席は、沢山の人でほぼ埋まりきっていた。

「これまでの塔ノ沢監督作品の中でも、最高の出だしだって言ってたよ」

驚き周りを見るわたしに、良菜が説明してくれる。

「若い人の間で話題だって。本人も、ここまでとは思わなかったってびっくりしてた」

「へえー、大ヒットだなあこれは」

声を潜めたまま、席の一つ一つを眺める。

わたしたちのような若者から、お父さんお母さんくらいの年齢の人まで。

様々な人たちが客席で期待の表情をしていて、『大人気』という事実をわたしは肌で感じ取る。

予約していた席に、良菜と並んで腰を下ろした。

上映まで、まだ少し時間がある。

さっきロビーで買ったパンフレットを、ペラペラと眺める。

作品や設定、キャラの紹介。塔ノ沢監督へのインタビューや、キャストからのコメントたち。その豪華さに、力の入った作品なんだなと改めて思い知る。そして、そんな作品で主演する、良菜のすごさも。

「……お」

そして、わたしは気付いた。

パンフレット後半に並んでいる、キャストインタビュー。

その中でも、欄ちゃんが質問に答えているページ。

——そんな魅力溢れる今作ですが、いかがでしょう。欄干橋さんから見ての推しポイントは、どんなところでしょうか。

欄干橋：うーん、沢山ありすぎて選べないです！

ストーリーはもちろん素晴らしいですし、キャラもすっごくかわいい！

背景もとってもきれいなんです。皆さん夢中になってくれるんじゃないかなー。

あとあと、キャストも皆がんばりましたよ！

特に……日向役の佐田良菜さん！

とても素敵なお芝居だったので、共演者として是非注目してもらいたいです！


「……ふーん」

読みながら、思わず笑みが零れてしまった。

さっきはわたしをうらやんでいたけど、良菜もなかなかやるじゃん。

あの欄ちゃんに褒められるなんて、本気でうらやましい。

それに……うん、楽しみだな。

この作品で良菜がどんなお芝居を見せてくれるのか、心の底から楽しみだ。

そうこうしているうちに、劇場内の照明が落ちる。

「……は、始まる！」

良菜の声と同時に、スクリーンに灯りが点り、宣伝が流れはじめる。

これが終われば、とうとう『おやすみユニバース』の本編スタートだ。

「き、緊張する〜……」

小さな声で、良菜がつぶやいた。

「もう何回も見てるのに、未(いま)だにドキドキするよ……」

「あはは、そうだよね」

そんな彼女に、わたしもデビュー当時を思い出しながらそう答えた。

「自分の出演作見るの、はらはらするよね」

「うん……心臓飛び出そう……」

「大丈夫だよ」

言って、わたしは隣に座る良菜の手を握った。

冷たくてすべすべの、彼女の手の平。

「良菜は良(い)い役者なんだから。それに、わたしが付いてる」

「……そっか」

「良菜は、絶対大丈夫」

「うん」

ようやく落ち着いたようで、良菜は視線をスクリーンに戻した。

そして、わたしの手をぎゅっと握り返し、

「わたしたち、一緒にここまで来たんだもんね」

「そうだよ」

うなずくと同時に——宣伝映像が終わる。

そして、二呼吸分ほどの間を置いて——、

『——不思議な夢を見た』

良菜のナレーションから、本編が始まった。


『——恋をする夢。誰かを愛おしく思う夢』

『——彼の体温や低い声、くせ毛の髪や制服の胸元』

『——そんな確かな感触とともに、わたしは目を覚ます』

『——恋の感覚を、確かにこの胸に宿して』


息を呑み見守るうちに、物語は展開していく。

良菜演じる日向が、いくつもの夢の世界を渡っていく。

『――へえ、転校生』
『――珍しい時期に引っ越してきたんだ。しかも結構イケメン……』
『――ね、寝かしつける!?　わたしがあなたを!?』
『――大丈夫、怖くなんてない！』
『――本当の世界で、本当のわたしであなたに会いたいから！』

――それを、全身で正面から受け止めながら。
彼女のお芝居を感覚すべてで受け止めながら――わたしは実感する。
――最強の、ライバルが現れたことを。
同世代では一つ抜けていたわたしに、とてつもない強敵が現れたことを。
――佐田(さた)良菜。
小田原(おだわら)さんの言う通りだ。
この子は――わたしより上手(うま)い。
役者として、遥(はる)かに上の才能がある――。

考えてみれば、当然だ。

たった半年で、良菜はこの日向の役を手に入れた。

わたしの身代わりとして活動しながら爆発的に成長し、映画の主演という大役を掴んだ。

間違いない。

佐田良菜は——天才だ。

そんな役者を、わたしはこの手で目覚めさせてしまった。

握っていた良菜の手を、一度強く握りしめた。

彼女は戸惑うように指先をもぞもぞさせたあと、同じ強さで握り返してくれる。

——うれしく思う。

最強のライバルが隣にいることを。

わたしが願えば、一緒に歩み続けることができるのを。

そして——決意する。

わたしの将来のこと、うやむやにしていた未来のことを。


そうだ、わたしの願いは。

わたしが、これから願うことは——。

＊＊＊

「――あー、面白かったあ……！」

映画が終わり、劇場を出てしばらく。

周りに観客らしき人がいなくなった路地で、わたしは大きく伸びをした。

「自分が出た作品だけど、本当にいいよね『おやすみユニバース』……！」

「だねー、マジでよかったわ！」

隣を歩く紫苑（しおん）も、そう言ってうなずいてくれた。

「久々に本気で泣きそうになったし。純粋に映画としていいよなー」

「でしょ⁉　もっともっと沢山の人に見てもらいたいなあ……」

もう、これで何度目かの鑑賞になるけれど。

ストーリーも展開も画面もほとんど覚えてしまったけれど。

それでも、最後まで通して見たときの感動は今でも色あせない。

そんな作品に出演できたことを、心から誇りに思う。

これからも、そんな経験を沢山できればいいなと思う。

「……そうだ、あのさー」

駅に向かって歩きながら。

紫苑がふいに、そんな風に切り出した。

「わたし――声優続けることにする」

「……へ？」

「起業の件、とりあえず延期にして、もうちょっと役者続けてみる」

――起業、紫苑の夢。

それを――延期。

「……ど、どうしたの？」

全く予想外の言葉に、声が裏返りそうになる。

「ちょっとずつ、準備もしてたんじゃないの？　大学とか、色々」

「うん」

うなずく紫苑。

そして彼女は、

「でも、気が変わった」

あっさりと、重い上着でも投げ捨てるように言った。

「本気で面白くなってきたんだもん。わたしのお芝居、ここからだって思った。だから、他のことなんてやってらんない。これからも、お芝居をやり続けるよ」

「……そう、なんだ」

うなずいて、それでもわたしはまだ上手く事実を呑み込めない。

「なら……わたしもうれしいけど。これからも、紫苑と一緒にいられるなら楽しいけど
……なんで？　どうして急に、そんなことを……」

その夢は、紫苑にとって重要なことだったはず。だからこそ、わたしに入れ替わりを提案したはず。何が紫苑を心変わりさせたんだろう。

尋ねるわたしに、紫苑はぱっと笑みを咲かせ、

「――良菜のお芝居だよ！」


鮮やかな声でそう言った。

「良菜がわたしに、そんな風に思わせてくれた！」

「え！　そうなの!?」

「うん」

うなずいて、紫苑は一度足を止め、

「だから……ありがとう。わたしにこの先を見せてくれて。もっと歩きたい自分を、気付かせてくれて」

「……どういたしまして」

胸いっぱいになりながら、わたしは紫苑にうなずいた。
純粋に、うれしいと思った。
この子の力になれたこと、これからも一緒に表現を続けられることが。
「行こう」
言って、紫苑がわたしの手を握る。
あの日、わたしをお芝居の世界に誘ってくれたこの手。
それを今、わたしは強く握り返す。
多分わたしたちは、どこにでも行ける。
いつか、この手を離すときが来るのかもしれない。
それぞれ別の道を歩くときが来るのかもしれない。
それでも、今は構わない。
隣同士、遥か遠くを目指して歩いていきたいと思う。
時刻はちょうど、十六時頃。
わたしたちの頭上には、透明な月がひらひらと輝いていた——。

INFORMATION

ぼくたちのリメイク

好評発売中

著者：木緒なち　イラスト：えれっと

**あなたの人生〈ルート〉、
作り直しませんか？**

ランジェリーガールを
お気に召すまま

好評発売中

著者：花間燈　イラスト：sune

『変好き』を超える衝撃がここに――
異色のランジェリーラブコメ開幕！

INFORMATION

Re：ゼロから始める異世界生活

好評発売中

著者：長月達平　イラスト：大塚真一郎

幾多の絶望を越え、
死の運命から少女を救え！

「ファンレター、作品のご感想をお待ちしています」

あて先

〒102-0071 東京都千代田区富士見2-13-12
株式会社KADOKAWA MF文庫J編集部気付
「岬鷺宮先生」係 「いちかわはる先生」係

MF文庫J

午後4時。透明、ときどき声優2

2023年 8月 25日　初版発行

著者　岬鷺宮

発行者　山下直久

発行　株式会社 KADOKAWA
〒102-8177 東京都千代田区富士見 2-13-3
0570-002-301（ナビダイヤル）

印刷　株式会社広済堂ネクスト

製本　株式会社広済堂ネクスト

Printed in Japan　ISBN 978-4-04-682773-9 C0193